Minuit à Saint-Germain

Du même auteur

Aux Éditions Fayard

Les Violons du diable, 2004 (Prix Quai des Orfèvres 2005).

Jules Grasset

Minuit à Saint-Germain

Roman policier

Éditions Héloïse d'Ormesson

www.editions-heloisedormesson.com

ISBN 978-2-35087-084-7

Sommaire

Le Bristol	9
L'indic	25
La petite fleuriste	39
Le CD volé	59
Pignol patauge	63
L'assassin revient toujours...	79
Une mère compréhensive	101
La cachette	115
Le conseiller du Président	125
Mercier met le feu	135
Un suspect encombrant	141
Philae	163
Mort vivant	175
Garde à vue	181
Bonsaï	195
Coup de torchon	199
Confessions intimes	205
Minuit à Saint-Germain	223

Le Bristol

Une petite bruine sale mouillait la rue du Faubourg-Saint-Honoré qui, en cette matinée de la mi-décembre, s'affairait déjà à la préparation des fêtes de Noël. Il faisait trop doux pour la saison et l'hiver n'avait pas vraiment débuté. Le ciel, à peine levé de son brouillard, restait bas et on devinait que le soleil ne se montrerait pas avant l'après-midi. Le quartier vivait dans sa routine, tout paraissait en place et nul chaland n'aurait pu soupçonner l'existence d'un quelconque drame.

Les guirlandes multicolores posées de la veille se reflétaient tristement sur le pavé humide et luisant de la chaussée. De nombreux véhicules de livraison se pressaient pour débarquer dans les boutiques élégantes et distinguées du faubourg d'énormes et lourds paquets avant la mise en rayon. Au numéro 24, chez Hermès, les vendeuses, matinales, s'affairaient comme des abeilles pour décorer les vitrines de fleurs en papier crépon destinées à mettre en valeur des carrés de soie chics. Ces parures emblématiques de la marque étaient exposées dans des cadres dorés à l'or fin, comme des peintures de maître, et reposaient sur des lits de pétales de roses. Tout était calme et paisible, trop peut-être, comme si le vent retenait son souffle, de peur de précipiter un événement tragique.

Aucun touriste, aucun badaud, n'arpentait à cette heure ces trottoirs enluminés. Chacun vaquait prestement à ses affaires et les chauffeurs, craignant une réprimande ou un ordre de circuler, jetaient des regards furtifs vers les nombreux agents de police qui, sur le trottoir d'en face, surveillaient les abords du palais de l'Élysée dont l'imposante grille en fer forgé était fermée.

Le faubourg Saint-Honoré s'éveillait avec toute la majesté d'une rue prestigieuse du Paris historique qui depuis le XIIIe siècle relie l'église Saint-Honoré au pont du Roule. Cette avenue pavée, foulée par tous les grands du monde, vivait dans cette gloire depuis l'abandon de Versailles par la Cour pour une installation parisienne au Palais-Royal après le décès du Roi-Soleil. Les nobles et les bourgeois fortunés de l'époque se firent alors construire de somptueuses demeures sur cette artère et transformèrent un marais horticole en quartier huppé. Si le temps avait changé quelques habitudes, les principes restaient immuables. Numéros pairs, des boutiques colorées de la haute couture parisienne décorées avec goût pour les riches étrangers de passage, un temple du luxe avec ses plus grandes marques : Louis Féraud, Lanvin ou Christian Lacroix. Numéros impairs, derrière de hauts murs gris, le palais de l'Élysée, symbole de la République mais aussi spectre inquiétant du pouvoir, un monde inconnu et inaccessible pour le commun des mortels, plein de secrets, de mystères et d'intrigues. Avec le ministère de l'Intérieur au bout de la rue, le siège de la haute police, le faubourg endimanché dans ses guirlandes de Noël prenait un caractère bigarré : d'un coté, les affaires politiques, de l'autre, le monde de l'argent, de la mode et des frivolités.

Dans ce décor légendaire et hétéroclite, l'hôtel Bristol apparaît comme le dépositaire de cette tradition, avec son style classique mais vieillot, sa verrière qui surplombe le hall d'entrée, ses persiennes à petits carreaux blancs, ses jardinières fleuries aux fenêtres et ses arbres décoratifs plantés dans de grands pots de terre qui font une haie d'honneur à son tapis rouge qui balafre le trottoir du faubourg.

Comme chaque matin, le vestibule du Bristol était en effervescence car les riches clients de cet hôtel de grand luxe partent souvent tôt vers les aéroports parisiens pour des destinations lointaines. L'ambiance était irréelle, les tapisseries et les fauteuils de style du décor contrastant avec les costumes bariolés des voyageurs en djellabas, saris ou chapeaux melon, gesticulant comme autant de petites marionnettes anachroniques.

Un ballet réglé avec la précision froide d'un métronome animait le trottoir devant le numéro 112. Les bagagistes entassaient des valises de cuir dans les coffres des taxis qui arrivaient à jet continu et faisaient claquer les portières à un rythme soutenu. Le voiturier de l'hôtel, en haut de forme et cape noire bordée d'un gros cordon doré, gérait le trafic des limousines en agitant ses longs bras avec des gestes saccadés à grands renforts de « par ici monsieur, par ici madame », seuls garants d'un pourboire plus ou moins généreux. Derrière le comptoir d'accueil situé à gauche de l'entrée, les concierges délivraient d'ultimes renseignements aux clients sur le départ. Un peu à l'écart, quelques clients se pressaient pour régler leurs dernières factures. Les ordinateurs tournaient à plein, les imprimantes crépitaient et les cartes de crédit étaient à la fête.

La routine. M. Henri, véritable chef d'orchestre de l'accueil du Bristol, surveillait ce petit monde agité avec l'œil sourcilleux du berger qui compte et recompte ses moutons. L'atmosphère paraissait anodine mais le sixième sens de M. Henri était déjà en éveil et, sur son front, une petite ride trahissait un début d'appréhension que rien ne justifiait.

La matinée est toujours une période d'activité intense. Il faut faire vite, le temps paraît toujours trop court entre le moment où une chambre se libère et l'arrivée du nouvel hôte. Une véritable course contre la montre pour les femmes de chambre qui doivent tout astiquer et remettre en ordre pour des occupants exigeants, sans compter la gouvernante qui vérifie coins et recoins dans leurs moindre détails. Malheur à celles qui auraient laissé traîner un grain de poussière. De plus, en ces périodes de fêtes de Noël, le Bristol était complet et tout retard matinal était l'assurance d'un incident.

M. Henri avait en charge la clientèle particulière des suites, une fonction sensible où sa prestance naturelle faisait des merveilles pour satisfaire une élite voyageuse et fortunée.

En relation continue avec les différents comptoirs du hall, son regard aiguisé de rapace repérait chaque sortie et, sitôt le voyageur éloigné, il regagnait son minuscule bureau pour diligenter à distance une meute de chambrières et de femmes de ménage. Dès qu'un appartement était remis en ordre, il mettait un point d'honneur à ajouter pour les habitués ou les célébrités venues de toute la planète la petite touche personnalisée qui caractérise les palaces de standing et les différencie des hôtels ordinaires où l'uniformité et la banalisation de l'accueil sont monnaie courante.

L'hôte de marque est un animal particulier. Distingué, il aime être reconnu dès son arrivée sans avoir à dire son nom et sans passer par le comptoir d'accueil. Il apprécie d'être accompagné illico vers ses appartements pour la présentation d'usage. C'est à M. Henri que revenait la responsabilité de ce rite, une formalité hypocrite où chacun sait bien qu'aucune autre suite ne serait disponible immédiatement en cas de problème. Il présentait donc l'appartement et le client faisait mine d'avoir eu le droit non exercé de le refuser. Seuls quelques princes des médias ou du monde du spectacle se permettaient parfois d'exiger un changement sous des prétextes futiles comme la couleur de la moquette ou l'éclairage insuffisant de la salle de bains. Ces désaccords exceptionnels n'impressionnaient plus M. Henri qui se devait de les assumer avec humilité, mais ils mettaient tout l'hôtel en émoi, compte tenu des répercussions pour d'autres clients attendus. Il distribuait lui-même, là un bouquet de fleurs, ici un panier de fruits frais enveloppés dans du papier cristal avec de gros rubans de couleur, parfois une bouteille de champagne millésimé, placée dans un seau à glace à côté d'un plateau d'argent où quelques flûtes en baccarat étaient soigneusement disposées. Le choix entre ces différentes gâteries n'était jamais laissé au hasard et dépendait d'une multitude de perceptions subjectives que M. Henri interprétait de façon innée et qu'il aurait été bien incapable de rationaliser. C'est lui encore qui rédigeait avec un plaisir jubilatoire sur une carte portant le logo doré et imprimé en relief de l'hôtel, un petit mot de bienvenue pour le nouvel arrivant, toujours avec un stylo à encre car il maniait l'orthographe et l'art de l'écriture avec le soin et le respect d'un moine enlumineur.

Il devait tous ces privilèges à sa mémoire d'éléphant car, au Bristol, il savait mieux que personne reconnaître le visage d'une personnalité et se souvenait du plus infime détail de ses exigences, formulées lors d'un séjour antérieur ou, mieux, lues dans la presse dite à sensation dont il s'imposait la lecture malgré l'indigence des propos et surtout des photos qui les accompagnent habituellement. C'était, disait-il, de la simple conscience professionnelle auquel chaque responsable d'hôtel de renom devrait se soumettre avec persévérance.

Pour ce don tout particulier, il avait été contacté quelques années auparavant par le casino de Monte-Carlo qui voulait l'embaucher comme physionomiste, mais il avait résisté aux sirènes de la facilité, préférant l'ambiance plus feutrée d'un palace parisien. Il y exprimait avec élégance ses manies de perfectionniste et ses mérites étaient de longue date reconnus par la direction de l'hôtel. M. Henri avait obtenu l'entière responsabilité de l'accueil des suites et des appartements du Bristol et avait tout pouvoir sur le personnel qui y était attaché, sa brigade de choc comme il se plaisait à dire. Ce privilège était secrètement jalousé par les autres employés mais M. Henri se fichait bien de ce que pensaient les autres, obnubilé par le sens du devoir et le travail bien fait. La rumeur de son homosexualité avait couru dans l'hôtel car personne ne lui connaissait de relation sentimentale féminine. On n'en avait jamais eu la confirmation mais son vocable de vieux garçon, en harmonie avec ses habitudes discrètement rigides le laissait supposer. Le credo de M. Henri reposait sur le cloisonnement. Le Bristol et le reste du monde, le personnel et les clients, la vie professionnelle et la vie privée ; il ne mêlait jamais ces différentes entités et nul dans l'hôtel n'aurait pu donner l'adresse de son domicile personnel. Au fil des années, il était devenu le personnage le plus connu du Bristol, réclamé par une clientèle qui semblait très attachée à ses attentions bienveillantes. Le Bristol sans M. Henri, c'eut été comme Disneyland sans Mickey ou Bouglione sans Monsieur Loyal.

Drapé dans son habit noir, avec une queue-de-pie impeccable dont il repassait lui même chaque plis, continuellement ganté de blanc, droit, presque raide, M. Henri surveillait un immense parapluie bariolé qui, surmontant le bras d'un voiturier, faisait l'allée et le retour entre la sortie du hall et la portière des taxis. Un client, jeune, le nez fin et droit, le teint basané, en manteau gris bien coupé, était sur le point de sortir. M. Henri ne l'avait jamais vu. Un Kurde, un Afghan ou peut-être un Saoudien, sûrement un homme d'affaires venu faire ses emplettes de Noël. Il y en avait beaucoup en ce moment dans l'hôtel. Celui-ci était vêtu à l'européenne, son manteau semblait neuf, comme acheté de la veille, mais M. Henri avait remarqué une impardonnable faute de goût : l'homme portait des chaussures de tennis qui le classaient définitivement dans la catégorie des parvenus.

Vers 9 heures, la standardiste fit un signe à M. Henri qui s'approcha.

– Monsieur Henri, la suite 62 avait demandé qu'on la réveille à huit heures et demie. J'ai sonné plusieurs fois, ça ne répond pas.

L'appréhension ressemblait déjà à une inquiétude. La petite ride sur le front de M. Henri se creusa en un profond sillon.

– C'est la suite de mademoiselle Charron ?

– Oui.

– Elle doit dormir à poings fermés.

– Pourtant, de coutume, à cette heure elle est partie.

– Ici, le client est roi, répondit M. Henri, un brin sentencieux, peut-être a-t-elle voulu faire une grasse matinée en ces veilles de fête. A-t-elle commandé un petit déjeuner ?

– Non, rien, je me suis renseignée au service de chambre.

– Elle n'est pas sortie ?

– Je ne l'ai pas vue, et la note n'a pas été réglée.

– Et il n'y a rien eu à signaler à l'étage ?

– Non, tout est très calme, reprit la standardiste, rassurée de ne plus être seule à assumer ce problème matinal. Il n'y a pas urgence car l'appartement est réservé pour une violoniste américaine qui n'arrive que par le vol Air France de ce soir. J'ai demandé à Georgette, la femme de ménage qui fait le couloir du rez-de-chaussée entre sept et neuf heures, si elle l'avait vue descendre, mais elle n'a rien remarqué.

– Personne n'est monté ?

– Non, monsieur Henri. Ce matin il n'y a eu que des départs, aucune arrivée. C'est parce que Mlle Charron avait demandé un réveil à huit heures et demie comme d'habitude et que son téléphone ne répond pas...

– Elle est peut-être dans la salle de bains ?

– Depuis une demi-heure, elle aurait dû entendre le téléphone !

– Bien, répliqua le chef-concierge d'une voix irritée, envoyez la gouvernante d'étage frapper à sa porte et tenez-moi au courant.

M. Henri avait beau savoir que Marie-Caroline Charron était hier soir en galante compagnie, comme d'ailleurs cinq ou six fois par mois, et pas toujours avec le même monsieur, jamais devant le personnel il ne se serait permis l'ébauche d'une remarque ambiguë, ou même un simple sourire, sur la vie privée d'une habituée de l'hôtel.

Mlle Charron était une cliente en or. Elle réservait par téléphone, toujours si possible la suite du sixième étage. Elle arrivait régulièrement seule vers 20 heures, très bon chic bon genre dans un tailleur Chanel, discrètement mais subtilement maquillée, puis elle commandait un souper pour deux avec des fruits de mer, une carafe de vin fin et du champagne. Un peu plus tard, un monsieur, parfois âgé, toujours très élégant, pénétrait dans le hall et, sans rien demander, montait les deux marches situées à gauche du vestibule pour se diriger vers l'ascenseur réservé aux suites. Au matin, de bonne heure, le même monsieur ressortait sans un mot et s'éclipsait discrètement. Mlle Charron se faisait réveiller régulièrement à huit heures et demie, commandait un seul petit déjeuner et, une demi-heure plus tard, sortait souriante et pimpante pour s'engouffrer promptement dans un taxi. Le plus souvent, elle n'échangeait pas plus que les quelques mots nécessaires avec le personnel et réglait elle-même sa note avec une carte American Express.

Ce petit manège réglé comme du papier à musique se répétait depuis environ trois ans et n'avait pas échappé à l'œil vigilant de M. Henri. Parfois, celui-ci reconnaissait parmi les visiteurs nocturnes de Mlle Charron des personnalités du monde politique, quelques députés, sénateurs et même un ministre. Tous passaient rapidement, incognito, engoncés dans leurs imperméables ou pardessus selon les saisons, les cols relevés sur des visages presque dissimulés, sans jamais prononcer un seul mot. Ces étranges convives qui manifestement ne souhaitaient pas se faire remarquer faisaient sourire intérieurement M. Henri. Baissant hypocritement le nez ou détournant la tête, il faisait celui qui ne remarquait rien.

Marie-Caroline Charron était une très jolie jeune fille, vingt-cinq ans environ, grande, élancée, blonde, le teint frais, l'air distingué mais légèrement mutin, les yeux bleus, un corps magnifiquement charnel et potelé, bref, une beauté classique, un mélange de fraîcheur et de volupté fait pour plaire à la gente masculine la plus exigeante.

Ce qui se passait derrière la porte de la suite 62 ne regardait pas M. Henri qui avait été à bonne école. Élevé dans un château où sa mère était femme de chambre et son père garde-chasse, il connaissait l'art de répondre aux questions : si la demande concerne quelqu'un de la maison on en dit le moins possible, on reste dans les généralités anodines et l'on est le gardien du temple de la discrétion. À l'inverse, si la question provient d'un maître des lieux et concerne un étranger ou un voisin, il convient d'être plus disert pour bien montrer sa vigilance et sa fidélité.

Dès l'enfance, il s'était familiarisé avec les uniformes. Petit, il avait dû accepter la tenue obligatoire de son collège. Adolescent, il souffrit en silence du caractère humiliant des habits imposés à ses parents. Plus tard, le service militaire puis l'école hôtelière mirent un terme à ces aversions d'enfant. Aujourd'hui, au contraire, sa redingote et ses gants blancs lui apparaissaient comme des marques éclatantes de distinction, les preuves ostentatoires de sa réussite professionnelle.

La ride apparue ce matin s'était creusée et barrait maintenant son front comme une balafre. Le soupçon d'inquiétude qu'il ressentait depuis une heure environ ne le quittait plus et son café lui était resté sur l'estomac. Un riche client asiatique en sari bleu parsemé d'étoiles dorées le salua. Il répondit machinalement d'une voix obséquieuse en s'inclinant profondément.

– Votre voiture attend Son Altesse.

Il aurait pu répondre en anglais mais il s'était exprimé exprès en français pour bien signifier à son hôte qu'il savait pertinemment qu'il comprenait cette langue. Ce sont, paraît-il, ces petits détails qui attachent une clientèle, répétait souvent M. Henri. Il possédait ainsi mille manies de ce type dont il faisait régulièrement usage.

À cet instant précis, seul le fantôme physique de M. Henri était présent dans le hall. Son esprit était au sixième étage. Il ne pressentait pas encore qu'un drame affreux venait de se jouer mais, tel un fauve qui flaire une proie qu'il ne voit pas encore, tous ses sens étaient en éveil, et dans ses yeux se lisaient déjà l'inquiétude de ceux qui ne s'attendent qu'au pire.

La femme de chambre missionnée pour élucider le silence de Marie-Caroline Charron fit irruption dans le hall. Cette intrusion était incongrue et fit frémir le chef-concierge.

– Monsieur Henri, la petite demoiselle du 62, je n'ai pas osé frapper à sa porte car l'ordre de ne pas déranger est accroché sur la poignée. Que dois-je faire ?

– Depuis quand ce carton s'y trouve-t-il ? Depuis hier soir ?

– Non, répondit la soubrette, lors de la dernière tournée de nuit pour récupérer les demandes de petits déjeuners, il n'y était pas, j'ai vérifié. Il a dû être placé ce matin.

– C'est bizarre. Bien, nous allons téléphoner une fois encore.

La standardiste qui avait tout entendu haussa légèrement les épaules et, visiblement irritée, composa de nouveau le numéro de la chambre en grommelant. Elle laissa sonner dans le vide plusieurs fois.

– Ça ne répond toujours pas, dit-elle. Il y a maintenant plus d'une demi-heure que j'essaye, il ne doit plus y avoir personne. Elle a peut-être déménagé à la cloche de bois.

– Insistez !

M. Henri avait vu le visiteur nocturne de Mlle Charron sortir à pas rapides vers sept heures et demie, son imperméable sous le bras. Il ne connaissait pas son nom, mais c'était un habitué de la demoiselle, le seul d'ailleurs. Il venait une ou deux fois par mois depuis plus d'un an. Un homme distingué, grand, brun, mince, environ la quarantaine, l'air volontaire. Outre ses chaussures Weston, ses cravates Hermès et ses costumes bien coupés portant le ruban rouge de la Légion d'honneur, M. Henri avait remarqué son allure plutôt sportive qui contrastait avec celle des autres fréquentations de Mlle Charron. En sortant, l'homme n'avait pas pris de taxi. Il avait traversé la rue du Faubourg-Saint-Honoré jusqu'au trottoir d'en face puis avait obliqué sur la gauche pour longer le mur d'enceinte de l'austère palais de l'Élysée. Malgré la pluie, il n'avait pas enfilé son imperméable, ce qui avait étonné M. Henri.

Enfreindre un ordre de ne pas déranger était une lourde responsabilité que nul subalterne n'avait le droit de transgresser. À cet instant, M. Henri savait qu'il allait devoir lui-même frapper à la porte de la suite 62 et régler ce problème domestique qui couvait depuis le matin. Escorté de la gouvernante d'étage qui sautillait derrière lui en gloussant, il se dirigea à grandes enjambées vers l'ascenseur réservé aux suites. Devant eux, Georgette dans son uniforme noir et blanc faisait le ménage.

– As-tu vu sortir la demoiselle du 62 ?

– Non, monsieur Henri, je ne l'ai pas vue ce matin. Je suis depuis plus de deux heures dans cette galerie et je ne me suis pas absentée une seule minute. Aujourd'hui, je dois faire à fond les bibelots de la vitrine. Personne n'est monté, il n'y a eu que quelques sorties.

Le sixième était silencieux et l'épaisse moquette à damiers assourdissait leurs pas. Les souliers vernis trop neufs de M. Henri crissaient. Le couloir beige clair, flanqué de panneaux dorés et, toutes les deux portes, garni de petites tables de style sur lesquelles étaient disposés des bouquets de fleurs fraîches, était désert. L'homme de la 61 était parti ce matin et la 63 était occupée par une cantatrice et son mari qui avaient pris le petit déjeuner dans leur chambre. M. Henri martela de l'index des petits coups secs à la porte de la 62, puis, devant l'inquiétante absence de réponse, se mit à frapper plus fort.

La gouvernante, les traits crispés, lui tendit sans un mot le passe. Par chance, la chaîne de sûreté n'était pas mise.

La première pièce était un petit salon. Sur un guéridon en marbre de Carrare, une potiche chinoise surmontée d'un immense abat-jour diffusait une lumière tamisée rose tendre. Les reliefs du dîner commandé pour deux la veille gisaient sur une table ovale. On aurait pu reconstituer le menu et, si la bouteille de champagne était vide et renversée dans le seau à glace, on n'avait presque pas touché à la carafe de vin. Sur la moquette, un porte-jarretelles, un soutien-gorge assorti et une paire de bas noirs. Ce n'était pas du désordre, juste quelques fanfreluches, témoins inertes des ébats voluptueux de la nuit.

M. Henri toussa plusieurs fois pour révéler sa présence et se dirigea lentement vers la chambre à coucher. La porte était entrouverte et la robe de Mlle Charron était soigneusement pliée sur une chaise près de la coiffeuse où trônait un sac à main entrouvert. Une liasse de grosses coupures de deux cents euros dépassait du sac. Entre la porte et le lit, le peignoir de bain rose fourni par l'hôtel, s'étalait sur le sol et M. Henri dut l'enjamber.

Sur le lit, recouverte par le drap, on devinait une forme féminine. Un pied nu aux ongles vernis rouge vif dépassait. Un gros oreiller de plume tout froissé dissimulait une tête. M. Henri le déplaça et la gouvernante poussa un cri en découvrant les yeux hagards d'un bleu très clair, presque gris, irrémédiablement immobiles de Mlle Charron. Son visage poupin semblait leur sourire et dans les prunelles fixées sur eux, se lisait de l'incompréhension.

–Ah! fit la soubrette, hébétée.

M. Henri approcha sa main gauche et gantée du front encore tiède et il ferma les yeux de la jeune femme. Le manège de la vie de Marie-Caroline Charron ne tournerait jamais plus.

– Mais, monsieur Henri, c'est affreux, vous croyez qu'elle est…

M. Henri répondit dignement :

– Mademoiselle Charron est morte. J'ai l'impression qu'elle a été étouffée avec cet oreiller. Restez dans le couloir, ne touchez à rien, et empêchez quiconque d'entrer, cela ressemble à un crime, je vais appeler la police.

Dans un souci instinctif de remettre de l'ordre, M. Henri souleva délicatement le drap pour recouvrir soigneusement le corps entièrement nu, imberbe et délicatement parfumé de Mlle Charron.

En refermant la porte sans bruit par respect pour la défunte, il eut un dernier regard attristé pour les quelques grammes de soie noire qui jonchaient la moquette du salon. Sans la présence de la soubrette, il les eût sûrement remis à une place plus convenable, mais il n'osa pas.

Un silence profond s'ensuivit, lourd comme une chape de plomb, empli de sous-entendus. M. Henri envisageait la suite : la police, la presse… ce qu'il devrait dire ou omettre lorsqu'on l'interrogerait. Il allait y avoir du remue-ménage, un médecin légiste viendrait sûrement pour les premières constatations, la police ferait des photographies. Il essayerait d'obtenir que le corps soit transporté par l'escalier de service. M. Henri pensait déjà aux retombées possiblement scandaleuses pour l'hôtel. Droit dans ses bottes, il saurait assumer, comme à son habitude.

La ride sur son front avait disparu.

L'indic

L'enquête du Bristol avait été confiée le jour même au commissaire Mercier de la police judiciaire, mais le divisionnaire avait clairement exprimé que cette misérable affaire de mœurs n'avait probablement aucun intérêt pour la brigade criminelle et qu'il ne devrait pas y consacrer trop de temps.

Le substitut du procureur de la République s'était rendu sur place et il n'avait rien dit de particulier. L'enquête allait vraisemblablement subir les méandres de la routine procédurière. Le divisionnaire décida que l'inspecteur Pignol serait parfait pour seconder Mercier.

Pignol, les histoires de sexe, il adorait. Plus c'était glauque et scabreux, plus il aimait approfondir les interrogatoires, mettant un point d'honneur à détailler par écrit chaque turpitude, avec un grand souci de précision, dans les pages bourrées de fautes d'orthographe de ses rapports. Cette fois, plongé dans le luxe et la luxure des aventures galantes d'une demi-mondaine, il allait pouvoir exprimer tout son talent et pensait mettre le grappin rapidement sur l'élégant monsieur à l'allure sportive qui avait été le dernier et funeste compagnon de Mlle Charron. Pignol et quelques inspecteurs de la brigade avaient donc été diligentés au

Bristol pour les premières constatations d'usage et pour interroger les témoins de l'hôtel. Le commissaire avait promis qu'il essayerait d'y faire un tour dans la soirée.

Pour une fois qu'il pouvait mener une enquête sans Mercier en embuscade derrière son dos, Pignol était aux anges. Il sautillait de bonheur sur ses courtes jambes, son gros ventre ballottant comme une outre. Un sourire béat séparait ses bajoues rebondies : on allait voir ce que l'on allait voir, l'assassin serait au trou avant peu. Ce dossier était d'ailleurs d'une simplicité biblique puisqu'il suffisait de retrouver l'homme qui avait passé la nuit avec la demoiselle et était sorti sans encombre de bon matin. Plusieurs témoins l'avaient vu et leurs dires se recoupaient parfaitement. Un véritable cas d'école, l'enfance de l'art, mais le règlement de cette petite affaire en deux coups de cuillère à pot impressionnerait sûrement le divisionnaire qui, à l'avenir, lui confierait peut-être plus de responsabilités, et cesserait de le faire sans cesse chapeauter par Mercier.

Le commissaire avait une mission autrement plus urgente et plus importante. La guerre anglo-américaine en Irak était finie depuis plusieurs mois, mais elle avait laissé des frustrations dans les milieux islamistes et les risques d'attentats restaient importants.

Les Renseignements Généraux, les yeux et les oreilles de l'État depuis le Second Empire, avaient reçu des informations sur une possible menace pour les fêtes de Noël. La D.S.T. savait que certains agents étrangers étaient entrés sur le territoire français. Sur ordre de l'Unité de coordination de la lutte antiterroriste, la Direction centrale de la police judiciaire avait pour mission de l'assister dans sa tâche. Pour couronner le tout, la section antiterroriste (S.A.T.), dépendante du ministère de l'Intérieur, hébergée sous les toits du dernier étage des locaux du 36, Quai des Orfèvres, dans d'ignobles petits bureaux exigus et mansardés, recevait fax sur fax pour mettre toutes les brigades sous pression. Bref, cette véritable usine à gaz aux rouages multiples pouvait au moindre dysfonctionnement se transformer en pétaudière, et Mercier était chargé de représenter la P.J. en fournissant des renseignements sur le milieu du grand banditisme qui sert souvent de base arrière au terrorisme et assure une partie de sa logistique.

Une donnée nouvelle avait tout compliqué car certaines informations confidentielles avaient filtré et une opération récente avait échoué. Il y avait donc une taupe dans les organisations antiterroristes et chacun maintenant soupçonnait son voisin. L'ambiance était exécrable. Et puis il y avait cette histoire de Gominé, un braqueur de banque que l'on était sur le point d'arrêter et qu'une information intempestive dans un grand journal du matin avait fait décamper.

Mercier n'était pas un expert de la lutte antiterroriste ; ce n'était d'ailleurs pas sa tasse de thé. Il était le plus grand spécialiste de la pègre parisienne mais, depuis qu'il avait brillamment découvert une cache d'armes grâce à un indicateur, sa hiérarchie avait compris l'importance des relations entre deux milieux très différents : celui du terrorisme, impénétrable, organisé et secret, et celui du banditisme, en général plus bavard, compte tenu de l'existence de clans nombreux concurrents, hostiles les uns vis-à-vis des autres.

Le terrorisme utilise parfois le truand de base pour se procurer une planque, des faux papiers ou encore des armes. À cette occasion, il devient vulnérable car ces menus services, rendus pour de grosses sommes d'argent, sont parfois divulgués à la police qui en fait alors ses choux gras. Dans ce milieu sans foi ni loi où chacun ne pense qu'à son territoire de chasse, impitoyable sur les prérogatives qui y sont attachées, la pègre se délecte d'avoir ainsi le beurre et l'argent du beurre car elle nourrit une haine farouche envers le terrorisme, synonyme d'un renforcement policier nuisible à ses coupables activités.

Sur ce point particulier du renseignement, Mercier excellait grâce à un réseau d'indicateurs forgé petit à petit en vingt ans de filatures et d'enquêtes dans le milieu du grand banditisme parisien. Le divisionnaire plaisantait souvent en surnommant son commissaire préféré le Fouché ou le Vidocq du XXIe siècle, et il avait récemment renforcé son équipe pour mettre les bouchées doubles sur cet objectif prioritaire. Une précaution inutile car, en matière d'indicateur, Mercier restait obstinément un solitaire.

« Il vaut mieux prévenir que guérir », claironnait le divisionnaire à tout bout de champ, le ton à la rigolade, les pouces ancrés sous ses larges bretelles.

En cette période de risque terroriste majoré d'avant fêtes, les tâches de chacun seraient claires : le divisionnaire assurerait la transmission des renseignements et la coordination avec le préfet et les différents ministères, Mercier ferait turbiner ses indicateurs et le pauvre Pignol irait se délecter au Bristol. Tout allait donc pour le mieux dans le meilleur des mondes en attendant la nouvelle année.

Le commissaire était parti à la rencontre de l'un de ses indicateurs, José, un petit faussaire. Cet ancien taulard en avait pris pour dix ans dans une affaire de fausse monnaie. Sa formation d'imprimeur l'avait prédestiné à ce genre d'activité. À sa sortie de prison, sa femme s'était fait la belle et il s'était retrouvé seul avec son fils trisomique. Il vivotait tant bien que mal dans un petit pavillon de la banlieue parisienne où il élevait son rejeton handicapé du mieux qu'il le pouvait. Dans son minuscule garage transformé en atelier, il végétait en faisant un peu de photogravure sur une bécane antédiluvienne et quelques petits travaux d'impression, cartes de visite et autres. Il avait replongé dans la délinquance mais, ayant payé très cher son premier délit, il se cantonnait désormais à la fabrication de faux papiers.

Son don pour la gravure sur métaux et son esprit soigneux de petit artisan l'avaient rendu expert dans la confection des faux tampons. Toutefois, il ne les vendait pas et exigeait de réaliser lui-même le document. On le joignait sur son téléphone portable, il fixait un rendez-vous dans un bar-tabac, à chaque fois différent pour ne pas se faire remarquer. Il prenait la commande devant un pastis et procédait à la livraison de la même manière. Il s'assurait avec une grande minutie qu'il n'était jamais suivi et nul ne connaissait son adresse. Mercier utilisait le même procédé pour le contacter. José savait que le commissaire pouvait le remettre en prison du jour au lendemain et qu'il n'en ferait rien s'il lui balançait les renseignements qu'il recherchait. La confiance s'était installée entre les deux hommes qui se respectaient mutuellement et cette connivence durait depuis des années.

Mercier avait ainsi convoqué son indicateur dans un petit bistrot situé près du quai des Orfèvres. À cause de l'assassinat du Bristol, il était en retard. Outre Pignol et quelques inspecteurs, il avait fallu envoyer un médecin légiste, un procédurier, un photographe, des spécialistes des empreintes ainsi que les commissionnaires de la morgue. Une routine coûteuse et pas toujours efficace mais nécessaire pour constituer le dossier destiné au juge chargé de l'enquête. Le divisionnaire semblait ne pas accorder une grande importance à cette histoire de meurtre mais Mercier n'était pas de cet avis car la renommée de l'établissement allait inéluctablement attirer les journalistes, telles des mouches autour d'un pot de miel. Il faudrait qu'il lui en touche deux mots dès son retour au 36.

Il était plus de midi et une petite bière fraîche serait la bienvenue. En arrivant, il reconnut son contact, toujours ponctuel, déjà attablé devant un double pastis.

La partie de poker menteur pouvait commencer, un match perdu d'avance entre d'un côté une balance déjà conditionnée et de l'autre un flic rompu aux subtilités élémentaires du renseignement. La partie était inégale et le résultat programmé comme l'élection présidentielle d'une république bananière, mais le cérémonial et les règles du jeu devaient être scrupuleusement respectés. Le rituel débutait comme une rencontre fortuite sur fond de brèves de comptoir. Un apéritif de bienvenue, une généralité sur le temps, un petit mot sur la famille amorçaient utilement le dialogue. Les confidences ne viendraient que plus tard. Le mouchard est soumis mais méfiant. Il faut lui témoigner un minimum de considération, et l'image de la poigne de fer dans un gant de velours est la métaphore la plus exacte de ce rapport de force entre un flic qui enquête et un truand qui dénonce.

Mercier était depuis longtemps passé maître dans ce petit jeu et s'en délectait. Il savait prendre son temps et tranquillement distiller ses questions sans qu'elles apparaissent trop directes. Il comprenait les réponses à demi-mot, dans le langage codé d'un sourire, d'un clin d'œil, d'un haussement d'épaule ou d'un acquiescement du bout des lèvres qui valent souvent mieux qu'un long discours. C'est un art de ne pas brusquer un adversaire sur ses gardes, de ne jamais répéter une question restée sans réponse, comme si celle-ci était finalement sans importance, puis de revenir à la charge plus tard, après avoir rappelé d'une voix neutre qu'un simple claquement de doigts pouvait signifier dix ans de cabane. « Dans ce milieu, on a ses pudeurs mais on sait compter », disait souvent le divisionnaire sur le ton de la plaisanterie.

– Alors, José, quoi de neuf depuis notre dernière rencontre ? Qu'est-ce que tu as pour moi, aujourd'hui ?

– On dirait que vous venez faire votre marché, commissaire, répondit l'indic avec un sourire crispé.

Comme dans une pièce de théâtre où tout est déjà écrit, les trois coups venaient d'être frappés, le rideau se levait et l'intrigue pouvait enfin commencer. Le commissaire fixait son interlocuteur et le ton était bon enfant. José était petit, maigre, rabougri, voûté par les années passées sous les barreaux. Sa peau était comme son imperméable, grise, grasse et fripée avec de profondes rides sombres sur le visage. Ses doigts étaient brunis par le tabac. Confiant, presque serein, il semblait détendu, de bonne humeur. Il savait qu'il ne pourrait pas finasser avec Mercier et comme il avait l'intention de tout dire il n'avait aucune angoisse.

– La routine, quelques bricoles par-ci par-là, rien de bien extraordinaire. Ce qui marche le mieux en ce moment, c'est le faux certificat de non-imposition.

– Pour quoi faire ?

– Pour bénéficier des avantages sociaux. Les restos du Cœur viennent de rouvrir... La crise... On va sur Noël...

– Justement... Ce qui m'intéresse aujourd'hui, ce sont les barbus, si tu vois ce que je veux dire.

– Quel genre de barbus, il y en a beaucoup en ce moment sur le pavé parisien.

– Du genre malfaisant, des chimistes ou des spécialistes en minuterie, par exemple.

– Je crois que j'ai ce qu'il vous faut et peut-être bien du premier choix. Il y a quelques jours, j'ai retravaillé un passeport pour le compte de quelqu'un qui pourrait vous passionner.

– Raconte !

– On m'a confié un passeport volé à un Français qui a un nom de là-bas. Un naturalisé, peut-être. C'est un vrai passeport qui sort de chez vous, j'ai juste changé la photo et arrangé le tampon. Vous verriez le travail, un petit bijou ; avec ça, il peut même prendre l'avion…

– Tes exploits, je m'en fiche, répondit sèchement le commissaire. Je sais bien que tu es un artiste. Je veux le nom, la photo… Tout, quoi.

– Mais le nom, il est bon. C'est celui d'un pauvre type qui s'est fait voler son passeport.

– J'ai bien compris.

Pour balancer, il faut une bonne raison et, en matière de motifs, José avait sa dose.

Le flic observait les petits yeux verts et malicieux de son interlocuteur. Celui-ci discutait un peu, pour la forme, faisait le fanfaron, mais dans quelques minutes, Mercier savait qu'il lui remettrait un double de la photographie et la photocopie du document original. José, il le connaissait bien, quinze années auparavant, c'est lui qui l'avait arrêté pour cette histoire de fausse monnaie. C'était son premier délit, il n'avait pas encore eu le temps de devenir fourbe et vicieux comme le sont les truands récidivistes après une succession de séjours en prison.

En fait, José n'avait pas eu de chance, il s'était sorti d'une famille d'alcooliques grâce à l'apprentissage de l'imprimerie et s'était fait remarquer pour son don dans la gravure sur métaux. Sa seule erreur avait été d'être trop brillant et d'avoir accepté un petit boulot supplémentaire. Une commande spéciale avec l'effigie de Pascal sur un papier vert rectangulaire.

Tous ses rêves s'étaient brutalement effondrés. Pourtant, ses ambitions étaient des plus modestes. Un petit boulot pour la gagne dans un bar P.M.U. où il aurait côtoyé de vrais copains, des ouvriers qui vivent dans une demi-misère mais qui, au troisième verre, refont le monde, tutoient le patron et apostrophent leurs voisins de comptoir, donnant leur avis sur tout et n'importe quoi en allongeant allègrement leurs ardoises.

Il avait écopé de dix ans fermes en centrale et était sorti au bout de huit pour bonne conduite. Le milieu ne le connaissait plus et l'avait complètement abandonné à son triste sort. Pourtant, régulier jusqu'à la bêtise, il n'avait jamais dénoncé ses complices qui couraient, toujours impunis. Pendant cette longue incarcération il n'avait pas reçu un seul mandat, pas un colis, juste une lettre pour lui annoncer que sa femme avait accouché d'un enfant handicapé. Puis le papier timbré d'un juge pour son divorce, puis deux autres de l'hôpital après les décès rapprochés de ses parents. Son avocat lui avait expliqué qu'ils étaient morts de chagrin, ce qui avait eu l'effet d'un fer rouge sur une plaie béante. Il en gardait une haine féroce envers le milieu, des gens si peu reconnaissants pour les services rendus, et Mercier avait su habilement en profiter. Ses relations avec José avaient toujours été loyales depuis qu'il avait fait quelques démarches auprès des services sociaux afin que ce dernier puisse récupérer son fils, abandonné par sa mère à la DDASS, et qu'il soit pris en charge trois jours par semaine dans une institution spécialisée. Nul autre policier ne connaissait la fonction d'indic de José et Mercier n'avait pas établi de fiche à son sujet. La confiance entre un flic et un truand, c'est comme le courant électrique mais sans le disjoncteur. Un détail de travers et c'est le court-circuit assuré. Comme prévu, une minute plus tard, José sortait de sa poche une copie du passeport original et une photo.

– Je vous ai même scanné son portrait… En couleur, par-dessus le marché.

Le commissaire examina attentivement la photographie.

– Beau gosse ! Qu'est-ce qui te fait croire que cet individu m'intéresse ?

– D'abord parce qu'un pèlerin qui paye cher pour un bout de papier bien en règle, cela vous fait toujours saliver, mais celui-ci, il est peut-être spécial.

– Comment ça, spécial ?

– Premièrement, frima José, parce qu'on ne m'a demandé qu'un seul passeport. C'est peu commun, d'habitude, ces oiseaux-là vont par deux ou par trois. Lui, il semble agir en solitaire.

– En solitaire ? s'étonna Mercier.

– Oui, une espèce de missionnaire. Il y en a de deux sortes : le nettoyeur qui arrive le plus discrètement possible pour un contrat bien précis, et le kamikaze qui vient pour faire boum boum.

– Et on ne cumule jamais les deux fonctions ?

– Non, ce n'est pas la même formation. Très technique dans le premier cas, plus mystique dans le second. La seule exception concerne Al-Qaida dont les membres peuvent tout faire, mais c'est plus rare, du premier choix en somme. Ce n'est pas vous qui allez me dire le contraire. Regardez bien son visage, il ne doit pas être maghrébin, visez son nez. Plutôt un Kurde, un Afghan, ou un Iranien ; c'est déjà moins banal. Enfin, il y a quelque chose de particulier, comme une erreur dans le casting. Tenez, comparez les deux photographies.

– Oui… Qu'est-ce qui te choque ?

– Alors là, vous avez besoin de vacances, commissaire. Dans ce genre d'affaire, le pickpocket travaille toujours sur commande et quand il va faire sa besogne, il a comme objectif de trouver un pigeon le plus ressemblant possible à l'original. C'est fondamental pour la crédibilité du document. Même sexe, même taille, même profil, même couleur des yeux ; c'est une règle d'or. Sinon, c'est de l'amateurisme, et avant peu, on est fait comme un rat. Pour être plus clair, si le père Noël me demandait de lui confectionner un beau passeport tout neuf, en bon professionnel, je mettrais comme photo celle d'un monsieur avec une belle barbe blanche. Vous commencez à comprendre…

– Oui, il y a une grosse différence : celui qui s'est fait dérober son passeport est un beau barbu et le nouveau propriétaire ne l'est pas.

– Ou plutôt ne l'est plus. Votre loustic, au moment de sa commande, je suis persuadé qu'il devait être barbu comme un bouc, et puis au dernier moment, pour se fondre dans le paysage parisien, il a préféré se raser. La fausse barbe, c'est génial pour se déguiser, mais une vraie, bien à vous, ça vous colle à la peau et ça vous fait repérer. La police adore ça et que vous m'ayez réclamé un barbu il y a moins de trois minutes me conforte dans cette idée. Ce gaillard-là, commissaire, je suis pas sûr qu'il ait des jouets pour les gamins dans sa hotte de Noël. À mon avis, il aurait plutôt la grandeur d'âme de Barbe-Bleu, pour rester dans le registre des contes pour enfants sages.

– Il aurait pu passer une seconde commande et demander une photographie plus conforme à sa nouvelle physionomie !

– Oui, comme vous le dites si bien, il aurait pu… Mais il n'a peut-être pas voulu investir à nouveau, ou alors c'est qu'il était pressé. Il faut aussi tenir compte du timing. Ce ne sont pas des contemplatifs. Est-ce que vous me comprenez ? Noël, c'est dans quelques jours, alors si on a une petite affaire à réaliser, il y a comme une urgence…

– Très bien. Et tu as discuté avec le nouveau propriétaire de cette œuvre d'art ?

– Non. Moi, je ne suis qu'un intermédiaire discret et anonyme. Ce gars-là, je ne l'ai jamais vu autrement que sur du papier glacé format 35/45, tête nue sur fond blanc, et lui ne connaît même pas mon existence. Un copain m'a donné sa photo avec un gros paquet de fric, j'ai fait le travail et rendu le passeport en changeant la photographie avec un beau tampon tout neuf. Ni vu ni connu, aucune trace. Maintenant, c'est vous qui avez le baigneur, votre conception du partage dans la police.

– Il te reste les sous.

– J'ai des frais, et toute peine mérite salaire, mais je veux bien partager si c'est ce que vous voulez.

–Tu n'en sais pas plus ?

– Non, moins on en sait… C'est le credo de base pour notre sécurité dans le métier, notre assurance tous risques en quelque sorte. Et puis, il faut bien vous compliquer un peu la tâche.

Maintenant, vu le peu de plaisir de mon existence, je louvoie comme je peux et j'essaye d'éviter les tuiles.

– Tu as raison, fais-moi confiance.

– Vous savez, commissaire, en la matière, mon rêve serait de ne faire confiance qu'au silence. Et encore…

– Ah ! c'est la vie, tu ne voudrais pas en plus que je te donne une médaille. Et sinon, quoi d'autre ? continua Mercier, conscient que l'entretien touchait à sa fin.

– Pas grand-chose d'intéressant. Le train-train…

– Rien de particulier ?

– Si… Peut-être…

– Quoi donc ?

– Dans le milieu, on murmure qu'il y a une taupe parmi les flics de l'antiterrorisme. Vous vous rendez compte ! Il ont un indic chez vous, planqué bien au chaud, qui les renseigne.

José avait ébauché un sourire narquois mais, le regard glacial de Mercier lui fit immédiatement comprendre que le sujet était sensible et qu'il fallait oublier le comique de la situation.

– Et tu as des idées sur ce sujet ?

– Non, vous savez bien que je ne peux pas avoir accès à ce genre d'information. C'est juste une rumeur, un bruit qui court, rien de plus, mais ça les fait bien marrer.

Le visage détendu exprimait la sincérité. Presque la satisfaction d'avoir accompli une bonne action mais l'insistance du commissaire devenait excessive. Il fallait s'arrêter là. Mercier avait un peu honte d'agir de la sorte mais la fin justifiait les moyens. Pour bien montrer le rapport de forces et ramener son interlocuteur aux dures réalités de l'existence, il ajouta :

– Et le fiston, ça va ?

– Oui, merci, il m'a fait une tache au poumon cet automne, j'ai dû le faire hospitaliser quelques jours à Bicêtre mais maintenant, il est guéri. Vous savez, il est fragile des bronches, il faut s'en occuper sans arrêt.

– C'est bientôt Noël, tu vas lui faire un beau sapin avec des cadeaux.

– Oui, je le ferai pour lui parce que moi, Noël…

Son visage s'était soudain voilé de tristesse. Mercier venait de lui rappeler férocement qu'il n'était qu'un rat, un rat crevé naviguant au fil de l'eau, qu'il avait été en prison pendant huit ans, qu'il pouvait y retourner d'un jour à l'autre, et que sa nouvelle cage, limitée à son pavillon, son fils mongolien et quelques bars-tabacs composaient une vie solitaire triste, morne et peu reluisante. Sans l'existence de son fils, tout cela aurait été fini depuis longtemps…

– Joyeux Noël quand même, lança Mercier pour clore l'entretien.

– De toutes les façons, vous savez où me joindre.

– Toujours la même adresse.

– Oui, en attendant l'autre.

– Quelle autre ? fit le commissaire étonné.

– La seule, la vraie, la définitive, celle où l'on se fout bien des flics et de toutes leurs saloperies. Au Père-Lachaise, avec mes parents, division deux, allée quatre, travée sept. Celle-là, vous n'avez pas besoin de la noter.

La petite fleuriste

L'indic avait quitté les lieux discrètement, plus par habitude que par nécessité, en s'évanouissant dans le flot tumultueux des touristes du Quartier latin, vers son misérable pavillon de banlieue. Imperméable fripé gris anonyme perdu dans la banalité des autres imperméables, José couleur de muraille retournait incognito vers ses coupables occupations. L'obligation de subvenir aux besoins de son fils, le seul lien ténu qui l'attachait encore au monde des vivants, et qui le soutenait comme un dernier soupir.

L'idée de se venger de ceux qui l'avaient humilié, dédaigné et oublié pendant son séjour carcéral, était son tenace et unique espoir. La haine est ainsi parfois la plus fidèle des compagnes et, dans ce quotidien désespérément morne, José ne fréquentait le milieu que pour obtenir des renseignements et le dénoncer secrètement. Il prenait son pied de cette façon et soulageait sa conscience avec Mercier comme seul allié, pas vraiment un ami mais un moyen nécessaire pour assouvir sa vengeance. Ce plaisir solitaire peu commun et finalement pervers était comme la corde d'un violon dont Mercier était l'accordeur et savait habilement en tirer le meilleur son. C'était un jeu subtil ou chaque partie avait le sentiment jubilatoire de posséder l'autre.

Comme José n'avait pas balancé ses complices pendant toute la durée de sa longue incarcération, il avait gardé la confiance du milieu qui le considérait comme un homme sûr pour qui le silence est sacré et à qui on peut parler librement ou faire des confidences.

Le commissaire était maintenant seul avec ses doutes et ses problèmes. La bière ne l'avait pas vraiment désaltéré et il avait encore soif. Il avait envie d'une bouteille de bourgogne blanc. Malgré l'heure tardive, et comme un prétexte pour assouvir ce besoin, il commanda un plat du jour. Une blanquette dont la sauce trop grasse n'était pas assez relevée. Aucune comparaison avec celle de Mme Mercier, savoureuse et fondante avec sa pointe de thym pour exacerber le bouquet.

Une heure plus tard et rassasié, il était perplexe. Il n'osa pas commander un alcool blanc avec son deuxième café, mais ce n'était pas l'envie qui lui manquait. Le renseignement qu'il venait de recevoir était comme le temps : gris, humide et brumeux, tout en demiteinte et sans direction bien définie. Un flic ordinaire aurait simplement fait une fiche au sommier sur cette dénonciation après tout peu digne d'intérêt mais le commissaire en jugea autrement.

Un homme rasé de près sillonnait Paris avec en poche un faux passeport de bonne confection. On n'avait aucune idée de ses intentions et on ne savait même pas si elles étaient liées au terrorisme. José lui avait-il tout dit? Pragmatique, Mercier savait qu'un indicateur ne dit jamais tout, de peur de n'avoir plus de réserve en cas de coup dur.

« Il faut toujours en garder sous le pied », avouaient-ils volontiers.

Ce n'était pas tant le faux document qui l'intriguait mais le fait que l'homme ait délibérément choisi de changer d'apparence.

Et puis, la présence d'une taupe dans la police semblait se confirmer et cette information mettait Mercier au supplice. Cette suspicion allait miner les relations entre les services, chacun se regarderait en chien de faïence et lorgnerait ses interlocuteurs avec méfiance en souhaitant secrètement qu'on ne découvre pas l'espion dans son propre service. Et puis, il fallait à tout prix retrouver Le Gominé, qui s'était fait la belle et que l'on avait aperçu dans le nord de la France. À l'inverse des prévisions météorologiques nationales, on annonçait une forte dépression orageuse dans la police et les services secrets pour les fêtes de Noël. Un avis de tempête en quelque sorte.

En finissant son verre de bourgogne – il regrettait ne pas avoir pris quelque chose de plus fort –, le commissaire sortit de sa poche la photographie d'identité donnée par son indic. Ce minuscule morceau de papier glacé n'était presque rien, un indice dérisoire dans une affaire encore balbutiante, une aiguille dans une meule de foin mais, pour un flic comme Mercier, c'était la première pièce du puzzle, un puzzle qui demanderait une infinie patience.

La patience, c'était justement son point fort. Il en avait à revendre. Comme un chat, il savait rester sans bouger le temps qu'il faut pour qu'une proie se dévoile. Il avait toujours une pile de dossiers sur son bureau qui mijotaient parfois des années avant de trouver subitement, et alors qu'on ne l'attendait plus, une issue qui forçait alors l'admiration de la brigade. Mercier, tel un pitbull, ne lâchait rien, ne renonçait pas et n'était jamais aussi fort qu'en cas de difficultés. Savoir surveiller, rester en planque pendant des semaines dans le froid et la pluie, c'était son rayon. Il disait souvent que le flic a plus de risque de mourir d'un mauvais rhume que d'une balle dans la peau, et qu'une bonne paire de chaussettes chaudes était plus utile qu'un 357 Magnum.

De retour au Quai des Orfèvres, la fin de l'après-midi passa rapidement. Il fit agrandir et dupliquer la photographie. Maintenant, les services informatiques allaient la comparer à des milliers d'autres enfouies dans la mémoire des ordinateurs des différents services de police, du contre-espionnage et d'Interpol. Il n'y avait plus qu'à attendre que la pêche s'avère fructueuse.

Mercier passait beaucoup de temps avec les hommes du sommier et les spécialistes de la police scientifique, véritables souris de laboratoire, travaillant sans relâche dans des sous-sols étroits et mal ventilés, peu considérés, jamais remerciés, toujours houspillés. Cheville ouvrière d'un dossier bien ficelé, ces gars étaient pourtant les véritables artisans de toute confirmation, ceux qui transformaient de simples indices en preuves irréfutables. Il ne faisait pas cela par esprit de compagnonnage mais bien par souci d'efficacité. Arguant que l'on ne trouve que ce que l'on cherche, il savait répondre aux questions de ces hommes de l'ombre pour en tirer la substantifique moelle. Un peu comme Mme Mercier qui, avec quelques aromates et du vin fin, donnait du génie à sa cuisine.

Avant de rentrer chez lui et après un ultime regard pour le camélia qui l'avait rendu célèbre, il fixa une photographie agrandie de son suspect sur le tableau blanc qui occupait tout un mur de son bureau. Il avait maintenant la certitude que José lui avait menti et il n'arrivait pas à digérer la blanquette de ce midi.

En descendant l'escalier pour rentrer chez lui, il se heurta au divisionnaire qui sortait de son bureau du troisième étage et qui semblait très en colère. Deux suspects terroristes localisés et surveillés depuis des semaines venaient de déménager sans prévenir et sans raison apparente. Deux mois de filature à l'eau ; toute l'enquête à reprendre avec le sentiment que l'on avait travaillé pour rien.

– C'est à croire qu'ils nous avaient reniflés, aboya le divisionnaire avec conviction. Et vous, Mercier, vous faites quoi dans cette affaire ? Vous ne m'aidez pas beaucoup, on court à la catastrophe. Ébranlez un peu vos indicateurs, pressez-les comme des citrons ! Il y a une taupe quelque part et il faut la démasquer. S'il y a un pépin, comme un attentat le jour de Noël, on dira encore que c'est de notre faute et que l'on n'a rien fait. Et Pignol, il est où ce guignol ? Jamais là quand on a besoin de lui.

– Il est au Bristol, vous savez bien, c'est vous...

– Ah ! parlons-en du Bristol ! Là aussi il faudrait vous remuer un peu. Allez donc lui donner un coup de main, le juge m'a appelé déjà deux fois aujourd'hui, il faut retrouver le type qui était avec cette fille au plus vite. Ce ne devrait pas être bien difficile. C'était, paraît-il, un habitué.

Devant l'aplomb et l'extraordinaire mauvaise foi de son divisionnaire, Mercier restait sans défense, presque comme un coupable. Les mots lui manquaient car ceux qui lui venaient naturellement auraient été injurieux et le commissaire avait le respect de sa hiérarchie, même si celle-ci lui pesait particulièrement en ce moment. Lucide et pragmatique comme Descartes, il ânonnait comme un gamin pris la main dans le pot de confiture. Et la mauvaise blanquette lui restait sur l'estomac.

– Mais vous nous avez dit ce matin...

– Ne faites pas l'idiot, répliqua le divisionnaire, ce matin c'était ce matin. Ce soir cette affaire a pris une autre importance. La presse s'est emparée d'un sujet croustillant, des journalistes enquêtent sur cette Marie-Caroline, le Bristol ressemble à un hall de gare et la direction s'est plainte en haut lieu. Cela fait très mauvais genre, un crime dans un hôtel de luxe. Et puis il semblerait que la fille avait des relations haut placées…

– Relations d'oreiller, sans doute, ironisa Mercier, presque hilare.

– Oreiller ou pas, faites attention où vous mettez les pieds, c'est le Bristol tout de même, l'un des endroits les plus chics de Paris, juste en face du palais de l'Élysée, ce n'est pas un quelconque bouge de banlieue. Dans ce quartier, il y a un flic tous les trois mètres, ils l'ont bien vu sortir, le gugusse de la nuit dernière.

– Ne vous inquiétez pas, Pignol s'en occupe, il a pris cinq inspecteurs avec lui, il va tout passer au peigne fin et récolter un maximum de témoignages. Vous le connaissez, c'est un teigneux.

– C'est bien ce qui m'inquiète.

– Ne vous en faites pas, je vais prendre des gants et y mettre les formes. On sera prudent comme des Sioux et on enlèvera nos godillots cloutés. Ça vous va ?

– Ce n'est pas de vous que j'ai peur, répondit le divisionnaire, je me méfie de Pignol. Il a ses qualités, fidèle comme un chien mais léger comme un éléphant dans un magasin de porcelaine et subtil comme une buse. Je ne sais pas si vous avez eu une bonne idée de vous décharger sur lui. Vous devriez aller faire un tour au Bristol dès ce soir avant qu'il ne traite ses dirigeants comme les tôliers d'un vulgaire hôtel de passe. Il ne manquerait plus qu'il les ramène ici pour les interroger.

Mercier était excédé devant cet argumentaire fallacieux d'autant que Pignol était le factotum personnel du divisionnaire et ne faisait pas partie directement de son équipe. La coupe était pleine, il fallait qu'il se venge.

– Le Bristol au quai des Orfèvres arrivant en panier à salade, sirènes hurlantes, et tout ce petit monde en garde à vue avec des menottes, cela nous ferait un peu rigoler. Le planton pourrait compter les comtesses et les marquises, cela nous changerait un peu des putes de la rue Saint-Denis qu'on nous ramène tous les soirs.

– Ne plaisantez pas, Mercier, il est capable de tout, cet animal-là. Vous devriez…

– Si j'ai bien compris, monsieur le divisionnaire, cette fille était une prostituée ?

– Peut-être… Pas sûr… Une demi-mondaine probablement… Ce n'est pas la même chose, vous exagérez tout le temps.

Le ton du divisionnaire se faisait moins claironnant.

– Je doute que le code de procédure pénale fasse la différence.

– Le code pénal, Mercier, ce soir je m'en fous, je vous demande de ramener un peu d'ordre au Bristol, un point c'est tout.

À présent rubicond, le divisionnaire sortait de ses gonds et Mercier jubilait. Il en rajouta une couche.

– Vous ne pensez pas qu'il faudrait confier cette partie de l'enquête à la brigade des mœurs ? En matière de proxénétisme…

– Mercier, pitié, oubliez ce que je vous ai dit. Je m'excuse. En cette fin d'année, on est tous très fatigués, nous avons besoin de souffler un peu. Vous savez, avec toutes ces affaires et la pression du ministère… Le préfet nous fait chier, il a une nouvelle marotte, il ne veut plus voir une pute dans le bois de Vincennes. Plus j'en ramasse et plus il y en a, un vrai tonneau des Danaïdes… Je vous en supplie, allez au Bristol et faites pour le mieux. Vous savez la confiance…

– J'y fais un saut avant de rentrer chez moi.

Le ton avait baissé d'un cran, l'abcès avait été crevé et la baudruche s'était dégonflée. La vie reprenait un cours normal, il ne s'était rien passé. L'orage était passé.

– À tout hasard, reprit le divisionnaire plus calme, j'avais prévenu Pignol de votre arrivée et il vous attend au Bristol. Tenez-moi au courant dès demain matin après notre réunion avec le directeur. Comprenez, le juge d'instruction, c'est Marchand. Vous savez, le pisse-froid, le bonimenteur de théories, celui qui annule les procédures à tour de bras dès qu'une virgule n'est pas à sa place...

– C'est lui qui a hérité de l'affaire ?

– Oui.

– On ne va pas rigoler !

– Oui, mais on n'a pas le choix, il faudra bien faire avec.

Au Bristol, Pignol l'attendait déjà dans le hall pour le conduire sur les lieux du crime.

Mercier ne fut pas déçu du voyage. Le corps avait été transféré à la morgue, les affaires personnelles de la victime envoyées au Quai des Orfèvres en vue d'une analyse, et les témoins étaient tous rentrés chez eux. Seuls les scellés sur la porte de la suite du sixième étage indiquaient le drame du matin. Toutefois Pignol, consciencieux, avait tout un jeu de photographies de la scène du crime, qu'il montra complaisamment à son supérieur. Le commissaire n'y jeta qu'un coup d'œil distrait.

– Maintenant, avec les appareils photos numériques... J'ai tiré ces documents sur une imprimante de l'hôtel...

Mercier était frustré. Comme devant un ragoût lorsque l'on est enrhumé, il ne sentait rien. Pour mettre ses pensées en ordre, il avait besoin du langage, de la musique des mots, des confidences, des intonations. Là, devant ces feuilles de papier inexpressives, il n'avait aucune perception, encore moins d'intuition. Crime passionnel ou querelle d'alcôve, cette affaire de mœurs démarrait mal. C'est Pignol, inquiet de ce silence, qui lança la conversation.

– C'est sûrement l'homme qui était avec elle cette nuit qui a fait le coup. Une dispute avec un client est l'hypothèse la plus simple et donc la plus probable.

– Tu sais, Pignol, il ne faut pas trop se fier aux apparences.

– Oui, c'est ce que vous me rabâchez sans arrêt, mais là, ce sont des faits. Il y a des témoins. La fille était une poule de luxe et celui que nous cherchons son client le plus fidèle. Un abonné en quelque sorte.

– Peut-être un amateur d'art ?

– Pour ça, vous avez raison, commissaire, la fille était superbe, une vraie Vénus, sa poitrine surtout, vous avez vu les photos, une rare beauté. Il faut dire qu'elle avait été à bonne école. Danseuse au Crazy Horse pendant trois ans, c'est une référence. À l'époque, elle était inconnue au Bristol. Ce n'est qu'après…

– Qui t'a dit tout cela ?

– Sa mère, j'y suis allé moi-même. J'ai un peu profité de sa surprise et de son chagrin pour la confesser entre deux sanglots. L'équipe d'inspecteurs a fait du bon travail, plus de cinquante personnes ont été interrogées. Vous voulez voir mes notes ?

Mercier, contraint de regarder les photographies exhibées par Pignol, avait devant les yeux le visage de feu Marie-Caroline Charron. Dernier pied de nez à une existence trop courte, elle souriait à la mort qui venait de lui ravir son dernier souffle. Cette image forte donnait maintenant au commissaire une bonne raison de s'investir dans cette enquête.

Pignol avait pris sa mine de chien battu, presque larmoyant, pour que le grand commissaire Mercier daigne examiner son travail et lui donner son avis. Mais là, le commissaire était fatigué et il n'écoutait plus les allusions grivoises et morbides de son subordonné.

– Si ce n'est pas malheureux… Une si jolie fille… C'est comme un devoir civique d'arrêter ce meurtrier. Je me demande si ce ne pourrait pas être son souteneur car il la voyait environ deux fois par mois, il venait peut-être relever son compteur, avec une petite prime en plus en se payant sur la bête, ironisait Pignol presque indécent.

– Et en laissant un paquet d'oseille dans son sac, répliqua Mercier en montrant une photographie montrant une liasse de billets de deux cents euros. Tu dérailles, mon pauvre Pignol. Viens, il est tard, nous ne ferons plus de découverte ce soir. Demain, il fera jour. Tu me mets tout cela noir sur blanc et on en parle avec le divisionnaire dès que ton rapport prend forme.

– Parce que l'affaire l'intéresse, maintenant ? interrogea Pignol dépité.

– Faut croire.

Pignol avait compris.

– Et c'est vous qui allez récupérer l'enquête ?

– Probablement mais, tu sais, ce n'est pas forcément un cadeau, et puis tu poursuivras tes recherches.

– Je peux continuer ?

Le ton était celui d'une supplique.

– Oui, on va travailler ensemble.

– Vous savez, pour demain, j'ai une idée.

– Dis toujours.

– Je convoque les témoins à la brigade pour un portrait robot. C'est facile et le divisionnaire va être content. Après, on diffuse le portrait dans la presse et en quarante-huit heures, notre homme se retrouve en garde à vue. C'est Marchand qui va être content. Vous savez que c'est lui que le parquet a désigné pour cette affaire ?

Le visage de Pignol s'était éclairé comme celui d'un enfant qui après une récitation réussie attend les félicitations de sa maîtresse d'école.

– Et tu penses que le divisionnaire sera d'accord ?

– Oui, il n'y a pas de raison, répondit-il, étonné.

– Eh bien, je te conseille de vérifier avant d'entreprendre cet exploit.

– Mais enfin, qu'est-ce que vous croyez, commissaire, que ce monsieur va vous téléphoner, comme ça, un beau matin, en vous disant : je suis l'homme que vous recherchez, je ne suis pour rien dans cette histoire, je suis sorti du Bristol à 7 heures et demie en laissant Marie-Caroline endormie dans la chambre à coucher. Voici mon adresse, je peux passer vous voir quand vous voulez…

– Et pourquoi pas ?

– Vous pouvez toujours rêver mais si cela arrive, moi je rends ma plaque. À mon âge, on ne croit plus guère au père Noël. Au fait, j'aurais besoin d'une idée de cadeau pour ma femme…

Pour Mercier, la journée avait été éreintante. Toutes ces histoires de barbus, il en avait par-dessus la tête. Il était plus de 20 heures et il était temps pour lui de rentrer rue Jacob. Sa seule préoccupation du moment était le menu du dîner. Comme souvent, il ne fut pas déçu en ouvrant la porte d'entrée. Une bonne odeur de cuisine parvint jusqu'à lui.

– J'espère que tu as faim. Je t'ai mijoté un miroton de lotte avec des petits légumes comme tu les aimes. Tu as l'air fatigué. Je vais te faire couler un bain, avec beaucoup de mousse. Comme apéritif, j'ai ouvert une bouteille de chablis, tu sais, celui qu'on a été chercher chez le grossiste de ma sœur près d'Auxerre. Il y a du saucisson et des petits feuilletés chauds au fromage sur une assiette dans la cuisine.

Il ne manquait plus que les charentaises et il était comme un coq en pâte. Mme Mercier avait mis les petits plats dans les grands, comme cela, sans raison. Il se demanda subitement s'il n'avait pas oublié une date ou un anniversaire. Il faut dire qu'il était assez coutumier du fait, mais là, il en était certain, mi-décembre, il n'y avait rien. Une imposante brassée de fleurs trônait sur la table à manger. Ce n'était pas un bouquet ordinaire comme il en ramenait parfois au gré des saisons, des violettes ou des iris d'eau, c'était une composition d'apparat avec une multitude de roses, des rouges, des jaunes, merveilleusement réparties et mêlées à de longues marguerites multicolores dont les tiges avaient été renforcées par du fil de fer. On se serait cru à une réception officielle ou à un mariage. C'était tellement somptueux que cela en devenait excessif. En se servant un verre de chablis, il se dit que sa femme devait avoir quelque chose de délicat à lui annoncer. Un bouquet pareil, ce n'était pas son genre, elle si délicate, si pleine de tact, si mesurée en toutes choses. La blanquette de midi ne passait pas et il n'avait pas très faim.

Le dîner et la soirée s'écoulèrent tranquillement. La blanquette et la lotte faisaient mauvais ménage et il se rendait bien compte que la conversation n'était pas naturelle.

– Cette histoire de crime au Bristol dont on parle dans les journaux, c'est toi qui vas t'en occuper ?

– Oui, répondit-il, immédiatement sur ses gardes.

– Avec Pignol ?

– Malheureusement, le divisionnaire me le met toujours dans les pattes.

– C'est comme cela qu'il te surveille.

– Oui, c'est de bonne guerre.

– Les journaux parlent aussi des risques d'attentat.

– Comme toujours dès que l'on se rapproche de Noël.

– Comme à Strasbourg ?

– Oui, on avait été très efficace et on avait pu tout arrêter à temps.

Le caractère insipide de la conversation cachait un malaise. Finalement, c'est lui qui craqua le premier.

– Il est joli ce bouquet, il vient d'où ?

Le visage de Mme Mercier s'était soudain éclairé, mais son sourire était forcé, ses lèvres crispées et sa voix incertaine. Elle semblait très émue, inquiète et troublée par une question qu'elle n'osait aborder.

Elle avait attendu, patiente mais résolue, le bon vouloir de son mari. Grande collectionneuse d'ouvrages littéraires, elle connaissait mieux que quiconque le pouvoir des mots et redoutait déjà les réponses de son commissaire d'époux.

– Ce bouquet, il vient de chez la petite fleuriste de la rue des Saint-Pères. Tu la connais, c'est elle qui t'a conseillé pour le camélia qui t'a rendu célèbre du monde entier. Sans elle, tu ne serais qu'un petit flic anonyme…

C'était vrai, cette histoire de camélia avait eu un grand retentissement médiatique. Il y avait déjà quelques années, une équipe de journalistes de TF1 était venue filmer la fameuse brigade criminelle du 36, Quai des Orfèvres, la « crime » dans le jargon, un lieu emblématique. Simenon y avait logé son héros, tant de criminels avaient gravi son grand escalier que cette adresse mythique était devenue le symbole de l'efficacité de la police. Parmi tous les commissaires, les journalistes avaient choisi Mercier et, à la fin du tournage, ils lui avaient avoué que le camélia avait été déterminant dans ce choix. Une once de poésie dans un monde impitoyable, le contraste leur avait plu et c'est ainsi qu'avait été diffusé un long reportage intitulé « Un nouveau Maigret ou le Commissaire aux camélias ». L'émission avait fait le tour du monde.

Il connaissait bien cette petite fleuriste, une jeune fille un peu grasse aux cheveux roux et au visage tout rond parsemé de taches de son. Sa boutique de la rue des Saint-Pères était à deux pas de chez lui, une échoppe minuscule décorée avec soin, tapissée des murs au plafond de brassées de fleurs et d'une multitude de plantes vertes, qui donnait au chaland l'impression insolite de pénétrer dans l'univers végétal de la forêt amazonienne. C'était la fleuriste attitrée des Mercier. Elle n'était qu'employée mais comme elle était sérieuse et très compétente on lui laissait souvent la responsabilité du magasin. Elle avait fait un stage au Japon et s'était spécialisée dans la culture des bonsaïs, ces arbres miniatures aux prix exorbitants dont les branches aux parcours tourmentés mettent des années pour croître de quelques centimètres. L'arrière-boutique du magasin donnait sur une courette intérieure pavée qui était devenue une véritable clinique spécialisée car on lui confiait des bonsaïs des quatre coins de Paris pour une remise en forme, pour une taille, ou encore plus simplement en pension, pendant les vacances de leurs propriétaires.

Les soins à prodiguer à ces créatures végétales sont minutieux et toute indélicatesse à leur égard est sanctionnée d'une branche qui perd ses feuilles. La fleuriste était futée ; au Japon, elle avait combiné son stage avec une licence en informatique et, dans la pièce attenante au magasin, elle avait installé un ordinateur et créé un site Internet. Elle vendait ainsi ses conseils avisés dans tout l'hexagone et ses formules sophistiquées sur la composition des engrais étaient devenues une référence. Elle recevait même des demandes de l'étranger auxquelles elle répondait tant bien que mal en fonction des difficultés linguistiques.

C'était un peu une voisine car les Mercier habitaient rue Jacob, un quartier sublime hanté par l'esprit de Sartre, un village qui ressemble à un musée à ciel ouvert avec ses boutiques d'antiquité renommées qui déplacent le monde entier. Un îlot magnifique entouré par l'église Saint-Germain-des-Prés, les Deux-Magots et l'Académie. Chaque trottoir est un enchantement, chaque échoppe l'assurance de découvrir une merveille. Meubles de style, livres anciens et rares succédaient aux sculptures de marbre et aux tableaux de maîtres. Surtout, à l'inverse des musées froids et guindés comme de belles natures mortes, le quartier Saint-Germain était, lui, bien vivant, bigarré et changeant à chaque coin de rue. Lieu privilégié des petits déjeuners des philosophes et romanciers de tout poil, c'est aussi le secteur des grandes maisons d'éditions, de la culture, des arts et des lettres. Bref, le centre du monde !

Issue d'une vieille famille bourgeoise fortunée, Mme Mercier avait hérité de cet appartement luxueux, bien au-dessus des moyens que leur procurait le petit salaire de son commissaire de mari qui profitait ainsi de ce logement princier et des revenus substantiels de son épouse. Toutefois, leur mode de vie était resté simple. Ils recevaient peu et ignoraient la vie parisienne et ses mondanités clinquantes. Mercier s'était vu proposer la Légion d'honneur à la suite d'arrestations importantes mais il avait préféré refuser cette distinction. Le divisionnaire n'avait pas eu cette pudeur et arborait fièrement son ruban rouge.

Mme Mercier, agrégée de lettres et professeur d'histoire de l'art à l'École des beaux-arts, vivait donc à quelques enjambées de son travail. Le dimanche, elle se rendait régulièrement à la messe de Saint-Germain-des-Prés, la plus vieille église de Paris, mais le commissaire ne l'accompagnait que rarement, préférant les grasses matinées dominicales où, après un petit déjeuner occupé à parcourir les journaux qu'il n'avait pas eu le temps de lire durant la semaine, il fourgonnait dans l'appartement avec la tranquillité jubilatoire d'un ours, en chaussons et pyjama. Il terminait toujours la matinée dans son bureau à ranger, classer et admirer la superbe collection de timbres français qu'il tenait de son père et enrichissait régulièrement. Mme Mercier le traitait gentiment de mécréant. En paroissienne modèle, c'est elle qui avait la responsabilité de la quête dominicale, une mission qu'elle accomplissait avec délice. Parfois même, certains après-midi de semaine, elle donnait un coup de main aux bonnes volontés qui animent l'accueil des visiteurs de l'église.

Mercier désigna du menton le bouquet insolite :

– C'est un cadeau ?

– Oui.
– On ne s'est pas fichu de toi, tu as un nouvel admirateur ?
– Non, ce n'est pas pour moi.
– C'est pour qui ? répondit Mercier interloqué.
– Pour toi.
– Un cadeau de la petite fleuriste rousse ?
– Oui, c'est de la part de Brigitte.

Le commissaire écarquilla les yeux et se retint de poursuivre. Mme Mercier allait enfin se décider à parler.

– Il y a quelques jours, Brigitte est allée à la FNAC Montparnasse. En passant devant les portails, son sac a sonné et les vigiles ont trouvé un disque qu'elle n'avait pas payé.
– Petit larcin banal.
– Non. Elle affirme qu'elle n'est pas coupable.
– C'est ce qu'ils disent tous.
– Écoute, Michel, moi je suis sûre qu'elle est innocente.
– Et tu as une preuve ?
– Oui.
– Et laquelle ?
– Parce qu'elle me l'a juré sur la tête de sa mère. Tu sais comme elle est croyante. Elle est à l'église chaque dimanche, ce n'est pas comme toi, misérable incroyant.
– Tu sais ce qu'elle vaudra, ta preuve, devant le tribunal ?
– Non, s'inquiéta Mme Mercier.
– Peau de balle et balai de crin.
– Parce qu'elle va être traînée devant un tribunal ?
– Oui, si la FNAC maintient sa plainte.
– Pour un CD à vingt euros ?

– Oui, mais rassure-toi, enchaîna-t-il, elle n'ira pas en prison pour si peu.

– Justement, pour elle ce n'est pas une peccadille.

– Que dit-elle ?

– Que sa dignité est affligée, qu'elle ne pourra plus jamais se regarder dans une glace, que sa patronne va la renvoyer comme une malpropre et, comme elle la loge, qu'elle se retrouvera à la rue. Tes collègues ne sont pas très fins, ils sont venus fouiller sa mansarde ce soir et ils ont interrogé son employeur, je ne te dis pas l'effet bœuf de l'entretien. Tu veux un dessein, on lui cherche une remplaçante et, s'il n'y avait pas le site Internet sur les bonsaïs, elle serait déjà dehors.

Mercier imaginait aisément la délicatesse de ses collègues. À présent, Mme Mercier était volubile et remontée, elle ne s'arrêtait plus, jurant de l'innocence de la jeune fille.

– Cela n'explique pas le bouquet.

– Elle veut que tu la sortes de là.

– Mais comment ?

– En allant voir le commissaire de police de quartier qui s'occupe de son affaire. Un gros mal élevé qui ne regarde pas plus loin que le bout de son nez.

– Pour lui dire quoi ?

– Qu'il se trompe. Toi, il te croira. Ce disque, quelqu'un lui aura fourré dans son sac pour lui jouer un mauvais tour, la voilà la vérité.

– Et qui pouvait lui en vouloir ?

– Son petit copain, ils ont rompu il y a peu de temps.

– Et évidemment, ce jeune homme n'a pas d'alibi.

– Eh bien, au contraire, voilà le hic, il a un alibi en béton. Ce jour-là, il n'était pas à Paris, il est allé voir sa mère qui habite Lyon.

– Tu vois bien.

– Quoi ?

– Que ce garçon n'y est pour rien et qu'elle est coupable, c'est évident.

– Tu ne comprends rien, s'exclama Mme Mercier excédée. Je te demande seulement de la voir et de l'interroger, tu verras bien par toi-même que j'ai raison…

– Mais elle a dû être déjà interrogée plusieurs fois.

– L'opinion des autres, je m'en fous, c'est la tienne qui m'intéresse. Va la voir.

Sur ces entrefaites, elle se leva et partit se coucher dans la chambre d'amis.

Le CD volé

Le week-end était venu salutairement calmer le jeu et chacun en avait profité pour décanter ses idées et calmer ses rancœurs. Pignol, plus têtu que studieux, continuait ses investigations sans relâche avec la persévérance d'un moine bénédictin, et Mercier avait fait la grasse matinée, sans se raser de tout le dimanche, au grand dam de sa femme qui, rongeant son frein depuis l'histoire de la petite fleuriste, passait ses nerfs sur son aspirateur, refaisant de fond en comble un ménage inutile. Elle était sortie pour quelques courses et la messe de 11 heures, puis ils avaient grignoté, chacun de leur coté, n'échangeant que quelques paroles anodines et maladroites. Ce n'était pas encore l'affrontement mais déjà la veille armée. À ce jeu-là, Mercier se savait perdant d'avance et il fallait dès à présent envisager un armistice sinon les réjouissances du réveillon qui approchait seraient gâchées.

Ce lundi s'annonçait comme un jour ordinaire. La réunion quotidienne des directeurs du second étage permettrait de distribuer les rôles, la lutte antiterroriste resterait, au moins jusqu'à la fin des fêtes de Noël, la priorité, et le divisionnaire déléguerait Mercier pour les réunions de concertation interservices des différents ministères. Pignol, pour son plus grand plaisir, continuerait donc son enquête au Bristol et le commissaire le soupçonnait d'avoir été supplier le divisionnaire pour que les tâches soient ainsi réparties.

Quant aux journalistes, leur brouhaha s'était évanoui comme un fétu de paille, les vociférations du premier jour s'étaient diluées dans l'attente de l'identification du suspect chic du Bristol. Certains avaient utilisé l'image hasardeuse d'un Arsène Lupin, tueur de jolies dames d'un nouveau genre, ce qui avait fait rigoler le divisionnaire soulagé de cette accalmie médiatique. Le week-end avait apporté une bonne nouvelle : Le Gominé avait été arrêté et transféré dans les locaux de la brigade, et cette petite lueur d'optimisme avait suffi à métamorphoser l'ambiance désastreuse de la semaine précédente.

Au Quai, le souvenir du projet d'attentat avorté du marché de Noël de Strasbourg, datant de quelques années, était encore vif dans les esprits, mais rien de grave ne se produisait et la situation semblait gelée. Un équilibre avait peut-être été trouvé entre le risque et la vigilance : la cellule antiterroriste de l'Élysée, en collaboration avec la section antiterroriste de la criminelle, avait mis au point un stratagème pour démasquer la taupe, une nasse était en place, il n'y avait plus qu'à attendre.

Vers l'heure du déjeuner, Mercier décida de rendre visite à son collègue du commissariat de quartier de Montparnasse. Il le connaissait bien, ils étaient de la même promotion mais son camarade, un peu balourd, n'avait jamais pu gravir les échelons et restait piégé dans son arrondissement à s'occuper de petite délinquance, de vols à la tire, de querelles de voisinage, de tapages nocturnes et des chiens écrasés. L'arrivée de Mercier fut un véritable événement et pendant plus d'une heure les deux flics se remémorèrent leurs souvenirs communs.

– Tout cela, c'est bien beau mais tu n'es pas venu ici sans une bonne raison.

– Je viens pour ce petit larcin de la FNAC il y a une semaine environ. Une jeune fleuriste…

– La rouquine de la rue des Saint-Pères ?

– Oui, répondit Mercier à présent attentif.

– On s'en souviendra, elle nous a fait un de ces foins, pour un peu, on aurait cru à son innocence ! Elle devrait faire du théâtre parce que, comme comédienne, elle a du talent. Elle a dérobé un CD, ce n'est pas bien grave, mais la FNAC a maintenu sa plainte. Ils en font une affaire de principe même si le préjudice est minime. Les vols sont assez nombreux en cette période de Noël, alors il faut les comprendre, quand par hasard ils en prennent un, ils vont jusqu'au bout de la procédure pour qu'il paye pour les autres, c'est de bonne guerre.

– Ma femme la connaît bien et dit qu'elle n'a pas un profil de voleuse.

– C'est vrai, elle n'a aucun antécédent, elle a un boulot stable et son casier est vierge mais il faut bien une première fois.

– Et si quelqu'un de mal intentionné avait glissé le disque dans son sac…

– Tu sais, c'est ce qu'ils disent tous. Ils font les étonnés. C'est la défense classique, on est habitué.

– Mais là, elle donne un suspect. Un petit copain récemment éconduit.

– Oui, malgré le caractère minable du vol et devant les affirmations de ta fleuriste, j'ai été vérifier. Le gars en question n'était pas à Paris ce jour-là. Il a un alibi indiscutable.

– Tu es donc sûr de sa culpabilité ?

– Oui, et en plus on a une autre preuve. L'album qu'elle a volé était le numéro manquant d'une série de disques qu'elle a chez elle. Nul ne pouvait savoir cela. Pour moi, c'est clair comme de l'eau de roche. Mais on ne va pas la pendre pour si peu.

– Bien sûr, mais c'est ma femme qui en fait toute une affaire. Elle dit que la petite risque de perdre son emploi.

– Ça, c'est probable. Sa patronne est une espèce d'intégriste pas commode et elle n'a pas semblé apprécier la situation, même si en fait cela ne la regarde pas. Elle dit qu'elle lui laisse la caisse régulièrement et que, maintenant, elle n'aura plus confiance. Elle cherche quelqu'un pour la remplacer et a déjà passé une annonce dans le journal professionnel des fleuristes.

– Mais dis-moi, tu as fait une enquête minutieuse.

– Eh oui, il n'y a pas qu'au Quai des Orfèvres que l'on joue aux fins limiers, nous aussi on a nos petites affaires.

L'entretien s'arrêta là et la conversation du soir avec Mme Mercier fut des plus orageuses, celle-ci ne démordant pas de l'innocence de la fleuriste.

L'armistice était remis à plus tard.

Pignol pataugé

L'enquête du Bristol piétinait mais cela ne semblait gêner personne. Le divisionnaire restait indifférent, questionnant Pignol plus par habitude que par intérêt. Il ne se mettait même plus en colère, une attitude qu'il adoptait parfois dans le but de maintenir la pression sur ses troupes, mais là, personne n'y aurait prêté attention. Nous étions mardi et chacun était déjà absorbé par ses préparatifs du réveillon du jeudi.

Pignol, laissé à son seul arbitre, pataugeait. Il n'avait pourtant pas ménagé ses efforts et quelques éléments avaient été éclaircis. Marie-Caroline Charron était morte étouffée par son oreiller, le médecin légiste fixait la mort au petit matin, après 6 heures. Il y avait des traces de violence sur l'ensemble du corps.

– Une dispute avec un amant, il suffit de trouver l'homme avec qui elle a passé la nuit et l'enquête sera close, avait clamé le divisionnaire d'un ton péremptoire. Un banal crime passionnel, une querelle d'oreiller entre une demi-mondaine et un demi-sel qui aura mal tourné. Le numéro de téléphone de ce type est sûrement dans son carnet d'adresses.

– Je sais bien, avait répondu Pignol, mais si l'homme est repéré, nul ne le connaît ou ne veut donner son nom. On a dans son agenda téléphonique une liste de noms d'hommes politiques tous plus connus les uns que les autres mais aucun ne correspond au signalement de notre lascar.

Il faut dire que M. Henri ne s'était pas montré très loquace. Il ne répondait aux questions de l'inspecteur que par onomatopées, et restait toujours dans le flou des peut-être et des incertitudes.

– Oui, c'était une cliente habituelle… Il est possible qu'elle y ait rencontré des hommes… Leurs identités nous sont inconnues car c'est toujours Mlle Charron qui faisait la réservation de la suite… Dans le hall de l'hôtel, il circule tellement de monde dans la journée… On ne peut pas passer son temps à surveiller les allées et venues de tout un chacun…

Bref, un marigot de banalités impropres à faire avancer une enquête criminelle.

En examinant les livres de comptes et les paiements effectués avec la carte American Express de la demoiselle, Pignol avait répertorié avec précision les dates de ses séjours à l'hôtel et, comme Mlle Charron avait un appartement dans Paris, il avait conclu qu'elle ne venait au Bristol que pour des rencontres galantes. Vu l'âge et la diversité de ses partenaires, il en avait également déduit le caractère vraisemblablement lucratif de ses activités.

– Et elle n'est même pas fichée ! On se demande ce qu'ils foutent à la brigade des mœurs…

Pignol était borné mais consciencieux et tenace dans ses investigations. Comme un chien à qui on vient de donner un os, il ne lâchait pas facilement prise. Ainsi, en quelques jours, il avait visité l'appartement de la jeune femme dans l'île Saint-Louis, interrogé sa mère, ses amis, ses voisins, examiné ses relevés bancaires et questionné plusieurs fois les employés du Bristol. Il avait épluché son carnet d'adresses et essayé de faire parler son téléphone portable mais ses relations étaient innombrables et, le soir du crime, aucun appel téléphonique significatif n'avait été détecté. Aujourd'hui, il avait rédigé un pré-rapport et, à la demande conjointe de Mercier et du divisionnaire, c'était lui qui avait été chargé de présenter le dossier au juge Marchand avec qui il avait rendez-vous en début d'après-midi.

Marie-Caroline avait eu une enfance singulière. Son visage poupin souriant et malicieux, ses yeux bleus dessinés en amande l'avaient fait remarquer dès son plus jeune âge par des photographes de mode enfantine. Sa vie d'écolière avait alors été bouleversée, hachée par les contraintes de mannequin junior, ses séances photos, ses interviews, ses tournages aux quatre coins de la France et parfois même à l'étranger. La petite fille s'était laissée bercer docilement par ce mode de vie particulier. Elle n'en ressentait ni plaisir ni aversion car sa mère, très protectrice, s'occupait de tout, dans une agitation fébrile qui laissait la gamine indifférente.

À l'adolescence, les choses s'étaient gâtées car Marie-Caroline avait pris de jolies rondeurs incompatibles avec les canons de beauté en vogue dans la profession : il fallait désormais n'avoir plus que la peau sur les os pour intéresser les agences et les photographes qui régissent le marché. Marilyn avait été rangée au rayon des désuétudes historiques et comme le soulignait un publicitaire de renom : « Le marché des cures amaigrissantes chez les nymphettes qui n'en ont pas besoin est tellement juteux qu'il faut bien se plier à quelques exigences. »

À dix-sept ans, après de nombreux régimes drastiques tous voués à l'échec, Marie-Caroline s'était retrouvée sans emploi et sans réelle formation. Le décès de son père d'un cancer du poumon l'avait beaucoup affectée : elle avait tissé avec lui un lien de confiance qu'elle n'avait jamais eu avec sa mère. Marie-Caroline appréciait peu le caractère possessif de cette dernière, et sa volonté de tout diligenter. Et puis, sur le plan financier, le partage des revenus était inégal, la mère se réservant la part la plus conséquente sous prétexte de frais divers. La demoiselle avait fini par s'irriter de ne se voir octroyer qu'un maigre argent de poche.

Ses premiers émois amoureux avaient tout de suite été une source de conflits supplémentaires. Les relations s'étaient alors distendues et, le jour de ses dix-huit ans, elle avait fait sa valise et claqué la porte d'un bercail confortable mais psychologiquement étouffant. Sa mère en avait été chagriné mais l'amour filial avait vite repris le dessus et leurs rapports s'étaient finalement normalisés. Dans ce nouvel équilibre, la mère recueillait les confidences de la fille qui elle-même était bien contente d'avoir quelqu'un auprès de qui s'épancher. On avait trouvé un compromis équitable sur les questions d'argent, et Marie-Caroline avait pu acheter un bel appartement avec atelier d'artiste quai de Béthune, au dernier étage d'un immeuble en pierre de taille donnant sur la Seine.

L'oisillon avait donc quitté le nid, il devait maintenant prouver au monde qu'il était capable de voler de ses propres ailes et d'assurer sa subsistance. Pendant cette longue période d'adolescence gâtée, Marie-Caroline avait pris conscience de son physique avantageux, du pouvoir de son sourire et avait appris à s'en servir à la perfection. Ce capital ne demandait maintenant qu'à être valorisé.

Si la silhouette harmonieuse et magnifiquement galbée de ses dix-huit ans n'intéressait plus les agences de mannequins qui l'avaient pourtant adulée dans son enfance, elle mettait en émoi une gente masculine que la sensualité de Renoir fait souvent fantasmer. Elle eut alors l'idée, au grand dam de sa mère, d'envoyer sa candidature au Crazy Horse où sa plastique fut aussitôt appréciée.

Le rythme de vie quasi militaire de cette institution convenait assez bien à Marie-Caroline qui, sous des dehors d'enfant gâtée rêvant de liberté, savait supporter un emploi du temps contraignant. En fait, obéir lui simplifiait la vie. Réveille-matin invariablement réglé sur 11 h 30, petit déjeuner vitaminé, après-midi réservé à des exercices de gymnastique d'oxygénation, un long et épuisant échauffement de danse, puis, répétitions chorégraphiques se succédant à l'infini jusqu'à ce que les numéros soient réglés comme du papier à musique. Collation vers 18 heures suivi d'une sieste bien méritée. Dans la soirée, une fastidieuse séance de maquillage précédait les deux spectacles de la nuit. Pendant les pauses, ponctuées par les courtes exhibitions des filles de la revue, c'étaient, dans les loges, d'interminables bavardages sur des sujets futiles qui font le succès des magazines people et qui ne prêtent jamais à conséquence. Tout cela ne laissait guère de place au marivaudage et Marie-Caroline avait, comme beaucoup de ses camarades, trouvé une âme sœur peu exigeante en la personne d'un éclairagiste à la voix de velours et aux mains douces.

N'ayant guère le temps de dépenser ses cachets conséquents, elle meublait et décorait avec goût son appartement de l'île Saint-Louis.

Trois ans plus tard, et selon l'habitude de la maison qui remet à la rue ses jeunes pensionnaires le jour de leur vingt et un ans, Marie-Caroline se retrouva au chômage.

Habituée au luxe et à la vie facile, elle mit ses scrupules entre parenthèses, son cœur en bandoulière, et utilisa son carnet d'adresses à des fins lucratives. De fil en aiguille, le Bristol devint son lieu de rendez-vous privilégié, pour de très riches amants d'un soir qu'elle recrutait grâce au bouche-à-oreille. Elle avait même créé avec l'aide d'une agence genevoise spécialisée un site Internet et, depuis plus d'un an, elle était devenue la coqueluche polissonne du monde politique, sa spécialité en quelque sorte.

Sa discrétion sans failles, son aversion pour toute forme d'extravagance ou de vulgarité, étaient autant de qualités essentielles à son petit commerce. Ce discret artisanat galant rehaussait le plaisir de ses amants fortunés, adorateurs d'une nuit et payant très cher le droit d'exprimer leurs fantasmes licencieux. La rumeur disait que le jeu en valait la chandelle.

Pignol rendait compte régulièrement de la progression de son enquête, mais avant son rendez-vous avec le magistrat instructeur Marchand, le divisionnaire et Mercier le faisaient répéter.

Le bureau du divisionnaire était le lieu où l'état d'avancement des enquêtes des principaux crimes de la capitale était discuté et analysé presque quotidiennement. Situé en bordure de Seine, au coin du bâtiment, avec la place Dauphine en arrière-plan, ce bureau numéro 315 était jalousé entre tous car c'était le plus spacieux. Le mobilier du style Arts déco n'avait pas bougé depuis des lustres. Ses fauteuils de cuir brun rouge étaient si profonds que l'on avait l'impression de s'asseoir au niveau du sol. Au fond de la pièce, un énorme coffre-fort plaqué de bois faisait grand effet, mais tous savaient bien qu'il ne contenait plus de très grands secrets depuis des décennies. Lorsqu'une affaire prenait un tour nouveau ou sensationnel imposant une réunion de crise, c'est ici que le divisionnaire déployait sa fameuse table à rouleau.

Aujourd'hui, tout était calme et tranquille. La conversation était rythmée par des interrogations mille fois serinées concernant la scène du crime, les photographies, l'avis du procédurier dans la vérification des documents, les auditions des témoins, l'autopsie et les expertises des pièces à conviction. On ne se perdait ni en hypothèses ni en conjectures, on discutait des faits et, une fois n'est pas coutume, Pignol se sentait à égalité avec ses collègues. Le dialogue était émaillé de plaisanteries que certains auraient qualifiées de mauvais goût, mais il fallait bien reconnaître qu'elles ponctuaient salutairement l'ambiance sordide de cette enquête.

Le divisionnaire, décidément de bonne humeur ce mardi matin, depuis que Le Gominé avait été mis hors d'état de nuire, avait ironisé.

– Le Bristol comme hôtel de passe… On croit rêver !

– Surtout au prix des suites, avait renchéri Pignol.

– Avec les notes d'hôtel, tu devrais retrouver les relations de la fille.

– Non, c'est toujours elle qui réglait les factures. Le monsieur restait ainsi un parfait anonyme et le tour était joué. En ce qui concerne la discrétion, son système était très élaboré.

L'enquête progressait peu et l'homme qui était avec Marie-Caroline la nuit du drame restait inconnu. Une femme de chambre ayant reconnu un député parmi les relations de la jeune fille s'en était ouverte à Pignol qui l'avait interrogé dans la foulée. Ça avait été un calvaire de le joindre et au début de l'entretien, il avait clairement fait comprendre que toutes ces questions relatives à sa présence au Bristol lui apparaissaient déplacées. « Mais pour qui me prenez-vous… Je suis un homme honnête… J'ai la conscience tranquille… Méfiez-vous, j'ai le bras long… ». Pourtant, devant le flegme insistant de l'inspecteur Pignol peu impressionné par ce ton hautain, la conversation avait pris un autre tour : « Je ne l'ai vue qu'une fois... Je suis un homme marié... Ne détruisez pas une famille honorable... ». L'échange s'était clos par un « Je compte sur vous pour une parfaite confidentialité... » Bref, la routine. On confirmait ce que l'on savait déjà et l'enquête ne progressait pas.

Pignol avait minutieusement reconstitué la nuit du drame et exhibait ses photographies comme un joueur de cartes.

– Elle est arrivée vers 20 heures et l'homme que nous recherchons vers 21 heures. Le dîner était déjà servi dans le petit salon. Vu la robe bien rangée sur la chaise de la chambre à coucher, elle avait dû se déshabiller partiellement avant de dîner. Les sous-vêtements ont été retrouvés dans le salon, ce qui laisse supposer que les ébats ont commencé là. La suite s'est déroulée de façon plus conventionnelle dans le lit. La fin est plus triste. Pour une raison inconnue, au petit matin, il y a eu lutte et l'homme l'a étouffée sur le lit avec l'oreiller.

– Insiste un peu pour retrouver ce guignol, grogna le divisionnaire, le personnel du Bristol doit bien savoir quelque chose !

– Pour ça, ils ne m'aident pas beaucoup ! J'ai déjà eu de la chance avec la femme de ménage de l'étage qui avait reconnu un député et qui m'a refilé le tuyau. Je cherche en priorité dans la sphère politique car la mignonne semblait avoir de nombreuses relations privilégiées dans ce milieu.

– Comment sais-tu cela ?

– Sa mère ne fait aucune difficulté pour le confirmer. Sa fille faisait sauter tous les P.-V. de stationnement de la famille et elle avait réussi à trouver un H.L.M. pour la femme de ménage de sa mère en quelques jours.

– Des relations d'oreiller !

– C'est probable, répondit Pignol, mais au Bristol, ils ne sont pas très bavards.

– Tu n'as qu'à les menacer de proxénétisme hôtelier, tu verras, c'est une fable qui fait toujours recette.

– J'ai bien essayé mais ça n'a pas marché, ils disent qu'ils n'avaient rien remarqué.

– Tu parles ! grogna le divisionnaire.

Mercier écoutait le dialogue comme dans une brume lointaine. Il hochait régulièrement la tête pour montrer qu'il suivait les débats mais se mêlait peu de la conversation. Ce qu'il aurait pu dire était sans importance. À cet instant, il envisageait de prendre quelques jours de vacances, ce qu'il n'avait pas fait depuis longtemps. Comme il resterait à Paris, le divisionnaire serait probablement d'accord car, en cas d'urgence, il pourrait revenir illico sur un simple coup de téléphone. Pignol assurerait l'intérim et le monde ne s'arrêterait pas de tourner. Mme Mercier allait sûrement lui offrir comme chaque année quelques timbres de valeur et il pourrait remettre un peu d'ordre dans ses albums.

Finalement, comme l'avait dit ce connard de Pignol, la seule préoccupation du moment était le choix d'un cadeau pour sa femme. Il savait qu'elle avait dû acheter ce matin un sapin chez sa protégée et il l'imaginait, pieds nus sur la moquette du salon, le décorant de boules argentées et de petites figurines multicolores. Puis elle irait chercher dans la chambre de bonne qui leur servait de grenier la grosse boîte en carton remplie de santons peints à la main qu'elle tenait de sa mère et dresserait comme d'habitude la crèche devant l'arbre de Noël.

Mercier passerait dès ce soir chez Pinault ou chez De Nobelle, des libraires spécialisés de la rue Bonaparte où il était un client régulier pour trouver un livre ancien. Un auteur de la Pléiade, un recueil de poèmes, enfin il verrait bien. Le caractère exceptionnel du cadeau, agrémenté de quelques jours de vacances, la consolerait de cette histoire de fleuriste pour laquelle il avait la conscience tranquille. Cette solution était excellente pour se rabibocher habilement et remettre un peu de sérénité dans le ménage des Mercier. Il n'y avait plus qu'à attendre patiemment le réveillon.

Tout à coup, il se réveilla dans le bureau du divisionnaire, il s'était assoupi. Il avait perdu le fil de la conversation. Le dialogue continuait, monotone et répétitif.

– Et la scène du crime ? demandait le divisionnaire.

– Voyez vous-même, les photographies sont éloquentes, les sous-vêtements dans le petit salon, le reste dans la chambre à coucher et le fric déposé dans le sac à main.

– Il y avait beaucoup d'argent ?

– Quatre mille euros. Même si c'est la fille qui payait la note d'hôtel, ça fait cher la gâterie.

– Et on n'a rien volé ? réussit à articuler Mercier pour montrer qu'il ne dormait pas.

– Non, répondit Pignol, l'argent était sur le sac et il y avait des bijoux sur la table de nuit.

– Et donc pas de désordre, reprit le divisionnaire qui suppliait Mercier du regard pour qu'il donne le change et fasse semblant de s'intéresser au rapport de Pignol.

– Du désordre si, pas dans la chambre où la robe et les chaussures étaient bien rangées mais dans le petit salon, là où ils ont fait la dînette : les bas, le porte-jarretelles et le soutien-gorge étaient éparpillés aux quatre coins de la moquette.

– Et alors ?

– Il manque la petite culotte, répondit Pignol sur le ton de la franche rigolade, mais je ne suis pas sûr que l'on puisse parler de vol, je suggérerais plutôt un oubli ou encore une vilaine habitude...

– Et la fille avait un domicile ? coupa brutalement le divisionnaire.

– Oui, un atelier d'artiste. J'y suis allé deux fois, nous avons tout fouillé et pris une multitude de photographies. Vous voulez les voir ?

– Montre...

Mercier pensait que le mieux serait d'offrir à sa femme un beau livre dédicacé et annoté par l'auteur avec des illustrations et une belle couverture en cuir dorée à l'or fin. Un Verlaine, un Rimbaud ou peut-être un Baudelaire. Elle était folle de poésie. Le prix serait probablement exorbitant mais dans la situation actuelle, il fallait faire des concessions.

– Et vous, Mercier, vous en pensez quoi de cette affaire ? s'exclama le divisionnaire, bien conscient du demi-sommeil du commissaire.

– Et bien... Je pense comme vous... Il faut continuer à rechercher cet homme... Pignol...

Mercier avait honte d'être aussi inefficace mais son esprit était irrémédiablement ailleurs. Tout à coup, il eut une idée, une excellente idée qui ferait un plaisir fou à son épouse. Ils iraient ensemble à la messe de minuit à Saint-Germain-des-Prés, comme cela, bras dessus bras dessous, avant un réveillon aux chandelles où il lui remettrait son cadeau en l'embrassant. Personne ne s'occupait plus du commissaire et la conversation tournait à nouveau au dialogue.

– … C'est un très bel appartement dans l'île Saint-Louis, continuait Pignol imperturbablement, au dernier étage d'un immeuble situé en bord de Seine, à deux pas d'ici. Une sorte d'atelier d'artiste avec une petite terrasse entre deux descentes de toit où la fille prenait des bains de soleil à la belle saison.

– Elle est propriétaire ?

– Oui, elle l'avait acheté grâce à ses économies d'enfant mannequin juste avant de débuter au Crazy Horse. Si j'en juge par la somme d'argent retrouvée dans son sac au Bristol, ses passes rapportaient bien, elle ne donnait pas dans le prolétaire. Son logement est somptueux avec une belle bibliothèque et une collection de petits arbres nains japonais.

– Des bonsaïs ?

– Oui, je crois que c'est comme cela qu'on les appelle. Des arbres minuscules qui semblent avoir mille ans. C'est assez joli.

– Et en dehors de ses activités au Bristol, elle faisait quoi, cette jeune fille ?

– Elle a été un moment inscrite à l'Institut des langues orientales pendant sa période au Crazy Horse mais, depuis quelques années, elle faisait de la peinture et de l'aquarelle chez elle. Elle vendait quelques toiles. Une couverture… De plus, elle sortait beaucoup, elle était invitée à tous les cocktails un peu chics de Paris. Réceptions d'ambassade, vernissages, prix littéraires, dîners mondains… C'était un peu son terrain de chasse avant de rabattre son gibier vers le Bristol. J'ai même retrouvé la trace d'un dîner officiel à l'Élysée.

– Avec le Président ?

– Oui.

– En tête à tête ?

– Non, il y avait une douzaine d'invités.

– Et son casier ? reprit le divisionnaire dans un grand soupir de soulagement.

– Son casier est à l'inverse de la demoiselle, répondit Pignol, certain d'avoir fait un bon mot.

– Pardon ? fit le divisionnaire hébété.

– Vierge.

– Ah ! Le divisionnaire venait de comprendre.

Mercier était affligé par le niveau de la conversation et n'attendait qu'une occasion pour mettre fin à l'entretien. Ces réunions bihebdomadaires avec le divisionnaire et Pignol étaient empreintes d'un certain dilettantisme.

– Et l'autopsie ?

– Mlle Charron a été étouffée avec son oreiller et pendant qu'elle suffoquait, son agresseur a dû la brutaliser un peu car il y a des traces de violence ici et là.

Seul Pignol prenait l'affaire au sérieux. Pour une fois non chapeauté par Mercier, il ne voulait pas être dessaisi. Et puis les histoires salaces, Pignol adorait ça. Mercier s'en foutait royalement ; quant au divisionnaire, sa seule crainte était que cette affaire ne vire au scandale médiatique.

– Attention, mes agneaux, prudence, on ne va tout de même pas se mettre un tapage politique sur le dos parce qu'une petite pute trop curieuse s'est faite trucider dans la soie pour une raison qui n'intéresse personne.

La police avait mieux à faire.

À cet instant, le téléphone sonna.

– Je suis en réunion et j'avais bien spécifié…, commença le divisionnaire courroucé.

– …

– Ah !

– …

– Il y a longtemps ?

– …

– Bien, j'envoie Mercier immédiatement.

Le divisionnaire avait cessé de sourire, son visage s'était crispé et son regard jusque-là jovial était soudain devenu glacial. L'espace d'un instant, l'affaire avait pris un nouveau tour.

– On vient de forcer les scellés placés sur la porte de l'appartement de Mlle Charron.

– Au Bristol ? s'étonna Pignol. Il est gonflé !

– Non, les scellés de son domicile de l'île Saint-Louis ! La concierge vient de prévenir le commissariat qui a répercuté l'appel.

– Il nous nargue, ce salaud, j'y vais, fit Pignol en bondissant de son siège comme un diable expulsé de sa boîte.

– Non, répondit le divisionnaire d'une voix ferme, tu as rendez-vous avec le juge Marchand et je ne veux pas que tu sois en retard. Mercier va y faire un saut. Cela lui fera du bien de prendre l'air frais de l'île Saint-Louis, même si c'est peut-être sans rapport avec notre affaire.

– Ça m'étonnerait, répondit Pignol dépité en se rasseyant, l'assassin revient toujours sur les lieux de son méfait, c'est dans tous les romans policiers.

– Et pour quelle raison ? fit Mercier soudain attentif.

– Le plus souvent, c'est pour faire disparaître une preuve, répondit Pignol sur un ton sentencieux.

Mercier venait de comprendre que ses vacances s'étaient envolées et que cette affaire allait maintenant l'occuper à plein temps.

L'ASSASSIN REVIENT TOUJOURS...

Pignol avait grogné après s'être ainsi fait voler son os par Mercier, mais le divisionnaire le consola sur un ton doucereux en valorisant sa mission auprès du juge Marchand.

– Tu vas nous faire une belle présentation de ce dossier au juge, susurra-t-il avec un petit sourire narquois.

Suivirent quelques minutes d'anthologie hypocrite, où l'intonation paternaliste du divisionnaire appuyait les mots « confiance » « responsabilité », « implication » et l'utilisation répétée de périphrases sur la notion d'action collective et d'obligations réglementaires. Ce langage théâtral horripilait le commissaire qui n'aimait pas cette façon sournoise d'humilier un subordonné sans même qu'il s'en rende compte.

– Surtout, dis-lui bien...

Il faut dire que si Pignol était un peu fruste, comme vacciné contre le doute, le juge Marchand avait une réputation exécrable depuis qu'il avait remis en liberté deux dangereux malfaiteurs sous le prétexte qu'une perquisition avait été effectuée quelques heures avant la signature de sa commission rogatoire. Tout cela parce que les flics, respectueux de la puissance judiciaire, n'avaient pas osé le réveiller en pleine nuit. Deux ans d'enquête fichus, gommés de la procédure, rayés d'un trait de plume, et l'on n'avait jamais revu les malfrats qui devaient encore rigoler de cette pantomime.

La balance est le symbole de la justice, mais c'est aussi un instrument bien hésitant, et le côté choisi semble parfois tenir du hasard.

– Insiste bien sur le fait...

C'est donc exprès, par une sorte de vengeance administrative sournoise, que le divisionnaire déléguait Pignol dans les relations de la crime avec Marchand, sachant pertinemment que la structure mentale primaire et peu imaginative du flic borné irriterait le juge au plus haut point. Bref, tout ceci n'était que banales anicroches. L'enquête semblait sans enjeu, on pouvait bien rigoler un peu.

Pignol enfin sortit du bureau, le divisionnaire s'essuya le front, soupira bruyamment, posa les deux mains sur ses cuisses et s'esclaffa :

– Ouf! Il est dévoué comme un épagneul mais il est con comme une sandale.

– Vous y avez été fort, répondit Mercier.

– Oui, mais maintenant, je souhaite bien du plaisir à Marchand, reprit le divisionnaire en riant, parce que là, pour un dossier vide, je crois que l'on ne peut pas faire mieux. Un néant abyssal!

– Vous n'êtes pas gentil, c'est lui qui va se faire remonter les bretelles.

– J'espère bien.

– Bon, trêve de plaisanterie, vous voulez que j'aille dans l'île Saint-Louis pour cette histoire de scellés judiciaires fracturés?

– Oui, il faut vérifier. Et puis, faites aussi un saut au Bristol cet après-midi. J'avertirai de votre venue. Il faut tirer cette histoire au clair avant qu'un journaliste n'en fasse tout un fromage dans la presse à sensation. Retrouvez-moi ce gaillard au plus vite, Pignol patauge un peu.

– Tant qu'il n'éclabousse pas…

Le temps de prendre son imperméable dans son bureau, de donner un coup de brumisateur à son camélia – un conseil de la petite fleuriste rousse – et de jeter un coup d'œil aux photographies sur le tableau mural, Mercier se retrouva dehors. Il aurait pu se faire conduire en voiture mais l'île Saint-Louis était à deux pas et une petite marche apéritive lui ferait le plus grand bien. Sous le porche, il rendit son salut au planton, puis obliqua à gauche vers le parvis, s'engagea dans la rue du cloître Notre-Dame avant de pendre le pont qui relie l'île de la Cité à l'île Saint-Louis. D'un pas décidé, il se dirigea vers le quai de Béthune.

Il adorait ce Paris historique, son domaine réservé en quelque sorte : le quai des Orfèvres pour le boulot, le Marais plus à l'est avec ses petits bars intimistes, le Quartier latin et ses souvenirs d'étudiant dissipé, la rue Jacob enfin, plus à l'ouest, pour la quiétude de sa vie en famille. C'était chez-lui, il aimait y déambuler, et lorsqu'une enquête s'annonçait dans ce sanctuaire, il en revendiquait toujours la responsabilité. Il s'imaginait en justicier du centre de Paris et malheur aux criminels qui oseraient s'y frotter !

Le Bristol était hors de son terrain de chasse habituel. C'était parfait pour Pignol. Mais là, au cœur de l'île Saint-Louis, cette histoire de scellés lui martelait l'esprit comme une provocation.

Comme l'avait souligné le divisionnaire, ce petit délit était peut-être sans rapport avec le meurtre de Marie-Caroline Charron, mais un cambrioleur est rarement attiré par un scellé judiciaire. Cette mince cordelette terminé par quelques grammes de cire rouge marquée d'un tampon en relief, peut apparaître comme un barrage dérisoire. Psychologiquement, il s'avère pourtant plus efficace qu'une porte blindée. Un peu comme la croix sur la porte des pestiférés, un scellé de justice est un violent repoussoir pour le petit délinquant qui n'a d'ailleurs que l'embarras du choix pour exercer ailleurs sa néfaste besogne. Si c'était l'assassin, il avait pris un risque considérable et il fallait donc que ce qu'il cherche soit d'une importance capitale. Cette histoire ne tournait pas rond.

L'immeuble était ancien, sa belle façade en pierre de taille donnait sur la Seine. La porte cochère massive était fermée et il y avait un digicode. Mercier hésitait, les bras ballants, l'air un peu bête. La force de la loi annihilée par quelques touches digitales avec des numéros, le spectacle était grotesque. Les flics, comme les facteurs de la Poste, disposent d'un passe pour ouvrir ces portes mais Mercier laissait cette clef dans un tiroir de son bureau avec ses menottes. Il trouvait que son arme de service lui déformait déjà suffisamment les poches pour s'encombrer avec d'autres ustensiles.

Le commissaire pensa un instant téléphoner à la brigade pour demander que l'on joigne la concierge mais, conscient du ridicule de la situation, préféra battre en retraite. Il était un peu plus de midi et, non loin, un petit bistrot semblait accueillant. Tout pouvait attendre. Mercier s'installa, commanda un croque-monsieur et une demi-bouteille de beaujolais.

Maintenant impliqué dans cette affaire, il fallait qu'il rattrape son retard d'une semaine environ sur Pignol, qu'il s'imprègne de l'ambiance des lieux, de la psychologie des personnages, du caractère des témoins. Il comprenait mal le motif du meurtre. L'imposante liasse de billets trouvée dans le sac éliminait le mobile de l'argent, l'homme recherché n'avait pas les caractéristiques d'un souteneur et il est bien rare que l'on tue une personne à qui on vient de faire l'amour toute la nuit. Enfin, avait-on vraiment volé la petite culotte de Marie-Caroline qui semblait plus coquine que vulgaire ?

Non, décidément, quelque chose clochait. L'enquête était en complète déshérence, embourbée dans une impasse, embarquée sur un bateau sans boussole mais comme tout le monde avait l'air de s'en foutre…

Il fallait revoir cet énigmatique M. Henri et aussi la mère de Mlle Charron qui en savait sûrement beaucoup plus que ce qu'elle avait dit à Pignol. Le programme du commissaire était donc maintenant tout tracé mais il lui fallait auparavant affronter ce malheureux digicode. Pour se donner du courage, des fois qu'il faille attendre dans le froid, il prit un double cognac avant de payer l'addition.

L'inspecteur Pignol avait raison. Dans le feu de l'action, un meurtrier oublie souvent des preuves accablantes. Sitôt son forfait terminé, il n'a de cesse de les éliminer et c'est souvent comme cela qu'il se fait prendre.

Mais cette fois, la méthode était hasardeuse. On ne comprenait pas la logique de l'assassin : qu'avait-il eu subitement besoin de récupérer dans l'appartement du quai de Béthune, au prix d'un risque inouï ? Il manquait une pièce du puzzle. Cette histoire commençait à intéresser le commissaire.

La porte cochère était ouverte et une femme balayait le trottoir devant le porche en pestant contre les crottes de chien. Mercier s'approcha et engagea la conversation.

–Vous êtes la gardienne de l'immeuble ?

– Et vous inspecteur de police, répondit-elle sur un ton sans réplique.

– Vous voulez voir ma plaque ?

– Pas la peine, vous êtes le commissaire Mercier, je vous ai vu à la télévision. Je suis vieille mais j'ai encore l'œil. Vous venez suite à mon appel, c'est moi qui ai téléphoné. Ce matin, vers neuf heures et demie, en passant l'aspirateur dans l'escalier, j'ai trouvé la porte de l'appartement de la gamine ouverte. Les scellés posés par vos collègues étaient par terre. Il faut dire que ce n'est pas solide, ces choses-là, mais c'est officiel, une barrière morale en quelque sorte…

Mercier se détendait. La concierge avait l'œil vif et la langue bien pendue. Elle était maigre et voûtée mais nerveuse et solide sur ses jambes. Avec son balai, elle n'aurait pas déparé une sorcière dans un conte pour enfants. Tout en parlant, ils pénétrèrent dans une cour pavée. Quatre petits immeubles avaient leur entrée sur ce préau que surplombait la loge située à mi-étage.

– Je ne vous ai pas vu lors des deux perquisitions de ces jours derniers.

– Non, j'étais commis ailleurs.

– Et maintenant, c'est vous qui allez vous occuper de cette affaire ?

– Oui.

– Ah ! J'aime mieux cela parce que l'inspecteur qui a déjà tout fouillé, il posait de curieuses questions.

– Quel genre de questions ?

– Il voulait à tout prix me faire dire que Mlle Charron recevait des hommes chez elle.

– Et alors, elle était majeure ?

– Oui, bien sûr, mais on ne peut pas inventer.

– Et elle ne recevait jamais chez elle ?

– Si, comme tout le monde. Sa mère d'abord, qui venait chaque semaine. Une dame très polie qui ne passait jamais devant ma loge sans me dire un petit bonjour et discuter un moment de sa fille. Elle m'apportait souvent une friandise et parfois même, me glissait un billet.

– Et puis ?

– Et puis, reprit la pipelette, c'est presque tout, du moins pour ce que j'en sais. Lorsque quelqu'un entre dans la cour, je ne demande pas toujours chez qui il va. Il y a beaucoup de va-et-vient, avec tous ces ateliers d'artistes, c'est une procession de modèles, un vrai défilé de mode, plutôt des jeunes filles et elles changent tout le temps car, dans ce domaine, ces messieurs sont plutôt versatiles. La petite, c'était différent, elle peignait un peu, en amateur, surtout des paysages, les quais de la Seine, l'île Saint-Louis, des vues du quartier et de Paris. Elle vendait quelques aquarelles et les seuls messieurs qui venaient la voir, c'étaient des marchands et des gérants de galeries de peinture, mais ça restait exceptionnel.

– Et comment on les reconnaît, ces professionnels de la peinture ?

– Oh ! C'est pas difficile, ils arrivent le nez en l'air, les bras ballants, demandent poliment l'étage, et repartent une heure plus tard avec des toiles sous le bras, enveloppées dans du papier journal, alors que les messieurs dont parlait votre balourd de collègue, c'est plutôt des gens qui arrivent en soirée, le nez engoncé dans leur pardessus, et repartent le matin de bonne heure en sifflotant, si vous comprenez ce que je veux dire.

– Parce que le matin, il ne sortait jamais personne de chez elle ?

– Rarement ou alors une copine de temps en temps.

– Des copines régulières ?

– Une ou deux, pas plus.

– Vous pourriez les reconnaître ?

– Oui, mais il me faudrait une photographie parce qu'à mon âge, on a des fois du mal à trouver ses mots pour faire une description.

La gardienne avait conduit Mercier au pied de l'escalier.

– Ne cherchez pas l'ascenseur, monsieur le commissaire, il n'y en a pas. Il faut monter les quatre étages, du coup, ce sont plutôt des jeunes qui habitent ici. Des artistes, des fils à papa, plutôt du beau linge. Vous voulez que je vous accompagne ?

– Je préférerais puisque vous connaissez l'appartement, vous verriez si quelque chose a été dérangé ou volé.

– Faudrait plutôt demander à Paulette, c'était la femme de ménage de Mlle Charron. Elle s'occupe de plusieurs appartements dans l'immeuble. Une fille de confiance, c'est moi qui l'ai recrutée. En ce moment, elle travaille au second chez M. Henri Galouzeau Dumanoir. Vous connaissez ?

– Euh…

– Mais si, les Dumanoir.

– Les forges ?

– Oui, son père a fait fortune dans la sidérurgie en Lorraine. Maintenant, c'est le fils qui dépense. Ça fait une moyenne. Alors chez lui, ce n'est pas comme chez la petite, là, on valse et on circule, il change de copine comme de chemise, et pas toujours du meilleur genre, mais il est calme, peu exigeant, et assez généreux. Ça compense.

En entrant dans l'appartement de Marie-Caroline, la concierge avait le visage crispé. Ce n'est pas qu'elle avait peur mais pénétrer chez une morte de vingt-cinq ans, assassinée de surcroît et dans un logement dont un inconnu, peut-être le meurtrier, venait de forcer la porte, c'était presque irréel et cela lui donnait la chair de poule. Toutefois, pour côtoyer quelqu'un qui passe à la télévision et pouvoir lui parler, la concierge n'aurait cédé sa place pour rien au monde.

– Vous voyez, on voit une trace sur la porte, murmura-t-elle d'une petite voix craintive en montrant un éclat de bois.

– Un pied-de-biche sans doute, mais ces portes à deux battants avec du jeu dans les gonds, elles sont très faciles à ouvrir. Ce devait être un débutant car l'endroit où a été placé l'instrument qui a fait levier pour ouvrir n'est pas le meilleur. C'est du travail de cochon, pas du boulot de professionnel.

L'appartement s'ouvrait sur un large vestibule orné d'aquarelles si nombreuses et si rapprochées que l'on ne pouvait dire de quelle couleur étaient les murs. Presque toutes représentaient des vues de Paris, des monuments, des scènes quotidiennes ou des églises. Sur la droite, sans séparation, un grand atelier d'artiste, très haut de plafond, avec un chevalet devant la fenêtre. Là encore, de multiples dessins et aquarelles étaient entassés les uns sur les autres mais sans désordre. La pièce, très lumineuse grâce à une immense baie vitrée, se prolongeait par une petite terrasse avec une vue superbe sur la Seine et le pont de la Tournelle en contrebas. Côté gauche, une grande chambre à coucher sans style bien défini. Au fond, se profilait une enfilade de pièces dont une magnifique bibliothèque emplie de livres rares, des bibles enluminées, un coran du XVe siècle couvert de cuir, de nombreux ouvrages anciens. Une vitrine exposait une collection d'ivoires ambrés par le temps. Au centre de la pièce, sur un tapis d'Orient, un bureau Directoire. Le meuble qui tapissait les murs était un mélange de bois rares, des acajous, du merisier, du palissandre, de l'ébène avec des patines satinées qui jouaient avec la lumière et conféraient à la pièce une sérénité presque religieuse. L'artiste qui avait dessiné et réalisé cette bibliothèque était un ébéniste d'exception. Plusieurs bonsaïs élégamment répartis dans des coupelles en argent massif donnaient une note fraîche et verte au décor.

– Pensez-vous que l'on aie volé quelque chose ?

– Je vais chercher Paulette, répondit la concierge.

Mercier resta seul quelques minutes. Il aimait se familiariser ainsi avec les personnages de ses enquêtes. Si un mort ne parle plus, les objets qu'il a côtoyé sont souvent des témoins très bavards et expriment la sensibilité profonde de leur ancien propriétaire.

Telle une gueule noire, le flic descend alors au fond du puits de la vérité pour la dénuder comme une garce mais là, le commissaire n'y trouvait pas son compte. Il furetait, tirait les tiroirs, ouvrait les placards, fouillait dans les paquets d'aquarelles avec la vivacité d'un chien de chasse dont au bout de quelques minutes il eut le halètement saccadé mais, bien que sa vigilance soit affûtée comme un rasoir, il ne flairait aucune piste, il regardait sans voir, il examinait sans comprendre.

L'appartement était une juxtaposition de pièces disparates sans dénominateur commun. L'atelier exposait des aquarelles banales et sans réel talent, il y avait bien un certain coup de main dans le dessin mais les couleurs étaient ternes. Un style enrubanné, commercial, sans avenir, une couverture pour donner le change, peut-être. La bibliothèque révélait au contraire une psychologie ordonnée, un goût pour le rangement, l'art de la collection, la maîtrise du choix, un œil exercé sur ce qui est beau et une culture littéraire exceptionnelle. Et puis il y avait la chambre à coucher incolore et sans saveur, comme un endroit utilitaire qui ne sert qu'à dormir. Le seul trait d'union entre ces différentes entités était les bonsaïs minutieusement répartis dans chacune des pièces de l'appartement mais, là encore, cela ressemblait à une orchestration, un arrangement. Il manquait une logique, un fil conducteur.

En résumé, la piste n'avait plus d'odeur, le gibier devait être malin et l'assassin expert pour égarer les soupçons.

Pignol présentait Marie-Caroline Charron comme une artiste écervelée, une femelle conciliante, une Vénus des palaces, une ancienne danseuse nue du Crazy Horse qui continuait à se dévêtir pour gagner sa vie. Mercier voyait au contraire une fille curieuse mais réfléchie, une amoureuse de l'écriture, une spécialiste des arts orientaux, un personnage organisé et méthodique qui sait où il va, qui sélectionne ses relations et obéit à un idéal. Qu'était venu chercher l'assassin ? L'avait-il trouvé ? Allait-il revenir ? Y aurait-il d'autres victimes ? Autant de questions actuellement sans réponse.

– Je vous ai amené Paulette, elle connaît l'appartement comme sa poche car elle y fait le ménage depuis plusieurs années. Je vous laisse, je ne peux pas abandonner ma loge trop longtemps. Si vous avez besoin de moi, vous savez où me trouver.

Mercier sursauta, il revenait sur terre après un court instant dans un monde étoilé, un univers de rêves et de chimères où les pensées sont des fées, où les idées ont le droit d'être chaotiques et où les incertitudes sont comme les feux follets, des petites lueurs d'espoir dans un océan d'apriorisme.

Il s'en voulut d'avoir mélangé le beaujolais et le cognac. Pignol, la petite fleuriste, sa femme, Marie-Caroline, un pseudo-terroriste, cela faisait trop de visages et de questions à traiter en même temps. Il fallait souffler un peu. Heureusement, Paulette était là, il n'y avait plus qu'à reprendre le cours de l'enquête.

– Bonjour, madame, faites le tour de l'appartement et dites-moi s'il manque quelque chose.

– Ben oui.

– Quoi ?

– Une petite gouache, vous voyez bien, on voit la marque et il reste le clou, dit-elle en montrant du doigt un espace plus clair sur le mur.

– Et il représentait quoi ce tableau ?

– Un visage de femme. Je suis certaine car la demoiselle ne faisait que des aquarelles. C'était la seule peinture à l'huile de la maison.

– Quel genre de femme ?

– Un joli visage, une femme de trente ans environ.

– Quoi d'autre ?

– Rien, tout semble en place.

Paulette était une femme chétive et malingre, elle parlait d'une voix impatiente et ses yeux suppliaient le commissaire de mettre rapidement fin à l'entretien.

– Elle vivait seule ?

– Oui, répondit Paulette tremblotante.

– Elle découchait souvent ?

– Oui, ici, c'était son terrier.

– Et ses activités ?

– Elle barbouillait un peu, histoire de s'occuper mais sa passion, c'était ses livres et sa bibliothèque. Il y en a pour une fortune.

– Quelqu'un pouvait-il lui en vouloir ?

– Sûrement puisqu'on l'a tuée. Elle était assez mystérieuse et peu bavarde.

– Et vous n'avez aucune idée ?

– Non.

En redescendant, Mercier questionna la concierge sur son emploi du temps dans l'immeuble et les principales allées et venues.

– Vous n'avez rien remarqué de particulier ces jours derniers, depuis que nous avons posé les scellés.

– Non, dit-elle après un moment d'hésitation.

Une petite rougeur lui était montée aux joues et Mercier voyait bien qu'elle mentait.

– Réfléchissez bien, une femme a été assassinée.

– La mère de Mlle Charron est venue dimanche dernier et voulait pénétrer dans l'appartement.

– Pour quoi faire ?

– Pour reprendre quelque chose à elle, un objet personnel, je ne me souviens pas très bien. Vous savez, elle venait souvent et sa présence ici était naturelle.

– Et elle est entrée ?

– Non, je suis montée avec elle pour lui montrer les scellés, elle a dit qu'elle reviendrait plus tard lorsque tout ce cirque serait fini.

– Autre chose d'anormal ?

– Quand je suis dans un escalier, n'importe qui peut aller et venir sans que je le voie. Et puis, tous les jours vers 10 heures, je m'absente une demi-heure pour faire mes courses. Hier vers 9 heures, j'ai fait l'escalier et tout était en place. Ce matin, j'ai trouvé la porte ouverte et fracturée. Maintenant, je ne suis plus rassurée, j'ai peur.

– De quoi ? fit le commissaire étonné.

– Qu'il revienne.

Le commissaire avait fait son travail. Il n'avait pas appris grand-chose mais s'était imprégné du parfum de cette affaire qui lui semblait plus complexe que le simple fait divers raconté par Pignol. Il conclut l'entretien.

– Je vous envoie une équipe pour examiner à nouveau l'appartement en détail, relever d'éventuelles empreintes et remettre les scellés. Il faudra aussi venir signer votre déposition, on vous convoquera dans quelques jours.

De nouveau sur le quai de Béthune, il respira un grand coup. Le froid confirmait l'arrivée de l'hiver, une façon d'annoncer Noël.

Maintenant, il fallait avancer. Le divisionnaire avait raison. Il prit donc un taxi pour la rue du Faubourg-Saint-Honoré. Il avait hâte de voir ce M. Henri si peu loquace, ce pingouin en habit noir et chemise amidonnée. Pignol en avait donné une illustration savoureuse. « Vous verrez, avait-il dit, il est raide comme la justice, obséquieux comme quelqu'un qui voudrait vendre un réfrigérateur à un Esquimau et, dès votre seconde question, il se fermera comme une huître et ne répondra plus qu'avec de longues phrases emberlificotées pour gagner du temps et dire des banalités. Bien beau, bien net, trop poli pour être honnête, un vrai marchand de sornettes. Un interrogatoire musclé à la brigade le rendrait sûrement plus compréhensif... »

Le divisionnaire avait bien annoncé la venue du commissaire et, dès son arrivée, droit dans son habit noir et tout ganté de blanc, le chef-concierge l'introduisit dans son bureau, une pièce si exiguë que l'on devait pousser les sièges pour y circuler.

Mercier avait parfaitement compris les remarques de son inspecteur et savait qu'il allait devoir opérer avec doigté pour obtenir ce qu'il venait chercher, des renseignements précis sur le seul amant régulier connu de Mlle Marie-Caroline Charron.

– Monsieur le commissaire, si vous voulez vous donner la peine, ce n'est pas bien grand mais nous y serons plus tranquilles que dans ce hall agité.

Le majordome n'osa pas prendre place derrière le minuscule secrétaire qui occupait presque toute la pièce. Il désigna un fauteuil pour Mercier et s'assit sur un petit tabouret de bois.

– J'ai déjà été interrogé à plusieurs reprises par votre inspecteur, vous venez à propos du...

– Du crime, oui. Mlle Charron était une habituée ?

Il fallait plonger directement dans le vif pour ne plus laisser à son interlocuteur le temps de la réflexion. Dans un interrogatoire, le rythme des questions, c'est comme le tempo d'une bonne partition, une seconde de retard, et c'est la cacophonie assurée.

– Régulière tout au plus, répondit M. Henri, immédiatement soupçonneux. Elle venait ici quatre ou cinq fois par mois environ. Votre collègue a déjà relevé toutes les dates. Nos livres sont à votre disposition. Une jeune femme très distinguée...

– Cher monsieur, je ne vais pas y aller par quatre chemins. Il va être de notoriété publique que cette cliente régulière et si distinguée comme vous dites avait des activités lucratives dans votre établissement.

– À l'insu de l'hôtel, croyez-le bien.

Mercier n'était pas dupe de ce pieux mensonge et fit exprès de ne pas contrarier cette fausse affirmation. Il était venu pour identifier un suspect. Nul autre que ce M. Henri n'avait la faculté de lâcher un renseignement qui mettrait la police sur la piste de cet homme mystérieux recherché depuis déjà plus d'une semaine par le malheureux Pignol. Il ne fallait pas brusquer ce témoin précieux et l'amener doucement sur la voie de la confidence. Les conquêtes vieillissantes de Marie-Caroline Charron lui importaient peu, c'était sa fréquentation plus jeune et, semble-t-il, plus régulière qui l'intéressait. M. Henri lui balançait un nom et lui, il lui foutait la paix pour le reste.

– La presse mal intentionnée, poursuivit perfidement le commissaire, pourrait faire le plus grand tort à la réputation de votre hôtel dans cette affaire.

Il avait exprès utilisé le mot « votre » et M. Henri sembla préféré ce registre à celui, plus brutal, de Pignol.

– Nous démentirions fermement et porterions plainte pour diffamation !

– Balivernes, vous ne feriez rien car cela ne ferait qu'aggraver les choses. Les journalistes, c'est comme les fourmis, au début, vous en voyez un ou deux, et en un rien de temps, c'est toute une colonne qui pourrait défiler dans l'hôtel. Il vaudrait mieux en finir au plus vite. Mais pour cela, il faut m'aider un peu.

M. Henri avait compris. Le sujet de la respectabilité de l'hôtel était sensible. Justement, il avait remarqué un journaliste sournois qui avait interrogé le personnel et qu'il avait dû éconduire.

Préventivement il avait ordonné un black-out complet avec la presse mais il savait l'efficacité relative de ce genre de mesure. Comme un sac de sable en cas d'inondation, cela ne protège qu'un instant. M. Henri était inquiet car le lendemain maître Tajan, commissaire-priseur de renom, organisait une vente prestigieuse de bijoux dans l'hôtel. Le Tout-Paris serait là, autant pour se montrer que pour faire un achat, et il serait particulièrement malvenu que la police soit omniprésente au Bristol.

Ce commissaire, à l'inverse de l'inspecteur qui l'avait interrogé sans succès plusieurs fois, semblait sincère dans ses intentions de tout faire pour éviter le scandale. Mercier, sentant que l'argument avait fait mouche, en remit une couche.

– Je ne vous pose aucune question sur les rendez-vous passés ni sur les personnes impliquées dans ces rencontres. Jusqu'à preuve du contraire, je veux bien considérer qu'il s'agissait d'affaires privées sans relation avec le crime qui m'intéresse. Mais vous comprenez que je doive retrouver rapidement le gaillard plutôt sportif qui était avec Mlle Charron cette nuit là. Il est urgent de couper court à la polémique.

Le commissaire venait de proposer un marché à M. Henri. C'était donnant donnant, la police fermait les yeux sur les activités scandaleuses de Mlle Charron, et M. Henri faisait un effort pour aider à l'identification de son dernier amant.

– Et comment puis-je vous aider ?

– Il faut me décrire cet homme, me donner des détails, même si ceux-ci vous paraissent anodins ou inutiles, c'est moi qui ferai le tri.

Pour M. Henri, la police n'apparaissait plus comme un ennemi. On était loin du ton de l'inspecteur Pignol qui ne lui avait parlé que de sexe, de prostitution, de crime et de proxénétisme aggravé. L'homme qui était en face parlait de galanterie, de relations sentimentales, de la sauvegarde de la réputation d'un hôtel renommé, d'une protection vis-à-vis de la presse médisante. Dans ces conditions nouvelles, on pouvait coopérer.

– Depuis trois ans environ, ils se rencontrent une ou deux fois par mois, pas plus.

– Vous souvenez-vous de la première fois ?

– C'était un week-end de la Toussaint, il avait même apporté un bouquet de fleurs. C'est inhabituel car toutes nos suites sont fleuries par nos soins. Il doit avoir environ quarante ans, l'allure sportive, brun et le nez droit, des yeux marron et d'épais sourcils un peu broussailleux. Ses pommettes sont assez saillantes et il a une ride horizontale entre la lèvre inférieure et le menton. Il doit être marié car il porte une alliance. Ses costumes sont bien taillés, sans doute du sur mesure. Ses chaussures sont, je crois, toujours des Weston. Je n'ai jamais vu ses chemises, mais c'est le genre à avoir ses initiales brodées. Si vous me montrez une photographie, je pourrais le reconnaître.

C'était inespéré, ce M. Henri était un observateur hors pair, un témoin de rêve pour un flic. Un sujet de cette trempe, c'est au musée des poids et mesures de Sèvres qu'il faudrait le ranger, à côté du mètre étalon.

– Vous pensez que c'est un homme politique ?

– Pourquoi me posez-vous cette question ?

– Parce qu'il est maintenant parfaitement avéré que Mlle Charron avait de nombreuses relations dans le monde politique, et une femme de chambre de votre hôtel a témoigné avoir reconnu un député parmi ses visiteurs.

– Ce n'est peut-être pas ce qu'elle a fait de mieux !

M. Henri avait froncé les sourcils et crispé ses mâchoires. Le commissaire venait de franchir la ligne jaune et le chef-concierge du Bristol devait lui faire comprendre qu'il ne fallait pas dévier la conversation vers ce qui pouvait incriminer l'hôtel. La malheureuse qui avait, dans un moment d'égarement, et sans penser à mal, donné le nom de ce député allait maintenant vivre un enfer et perdrait sûrement sa place sur un prétexte futile dans les semaines à venir. M. Henri ne supportait pas la désobéissance qu'il avait érigée au rang de péché capital.

– Excusez-moi et revenons à la dernière personne à avoir vu Mlle Charron vivante ; pour le retrouver, il me faut des détails. Dans sa tenue, ses habitudes ou ses façons de faire, vous n'auriez rien remarqué de particulier, vous qui semblez être un si bon observateur ?

– C'est un homme très élégant, toujours bien habillé avec des cravates Hermès : le magasin est à deux pas, ils le connaissent peut-être. Vous devriez aller y faire un tour, ils pourraient peut-être vous renseigner. Il est probablement issu d'une grande famille si j'en juge par sa prestance, son port de tête, sa façon élégante de marcher, des signes qui ne trompent pas et qui traduisent une certaine éducation. Ici, il ne faisait que passer. Il ne m'a jamais dit un seul mot. Il arrivait dans la soirée, vers 21 heures, prenait directement l'ascenseur réservé aux suites et gagnait les étages sans rien demander à personne. Je pense que ce monsieur était son amant de cœur. Ce n'est pas un député ni un homme politique sinon je l'aurais reconnu. C'est plutôt un individu discret, peut-être un haut fonctionnaire. Ah ! j'oubliais, il arbore la Légion d'honneur, c'est assez rare à quarante ans.

Effectivement, le personnage tranchait par son âge et son allure avec les vieux beaux qui faisaient l'ordinaire de la demoiselle.

– Vous donniez toujours le même appartement à Mlle Charron ?

– Le plus souvent, mais pas toujours. Les clients ont tous leurs manies que nous essayons de satisfaire. Tantôt elle réservait une suite junior, tantôt, elle préférait une suite de luxe. Ce sont de petits appartements avec une cheminée et des meubles anciens. Ils ont une terrasse et donnent sur le jardin intérieur de l'hôtel. Ces suites sont très prisées et quelquefois nous n'en avons plus de disponibles. Le plus souvent, Mlle Charron demandait la suite 62. Elle y dînait, je crois, dans le petit salon avec ses visiteurs.

– Et comment Mlle Charron communiquait-elle ces indications ?

– Probablement par téléphone. Quelquefois, ses invités entraient dans le hall un portable collé à l'oreille. Elle les guidait sans doute.

– Mlle Charron ne dînait jamais au restaurant de l'hôtel ?

– Non, elle commandait un souper pour deux personnes. Nous disposons d'un service en chambre très raffiné mais, bien sûr, sans l'apparat de notre restaurant d'hiver. Elle faisait cela dans un souci de discrétion puisque le monsieur est un homme marié.

– Marié ?

– En tout cas, il porte une alliance.

– Et le jour du crime, vous n'avez rien remarqué de particulier ?

– Non.

– Le "monsieur" a-t-il agi comme d'habitude ?

– Oui, il est sorti le matin à sept heures et demie.

Une mère compréhensive

De retour à la brigade, très impressionné par la prestation grandiose de M. Henri, Mercier alpaga Pignol qui déambulait comme une âme en peine dans les couloirs de la Police judiciaire, les bras ballants, la mine d'un chien battu, le regard lointain. Son entrevue avec le juge Marchand s'était assez mal passée ; ce dernier lui avait fait remarqué que cette affaire particulièrement simple tardait à trouver un épilogue. Ironique, le magistrat en avait même rajouté : « Vous n'êtes pas encore en vacances et le réveillon de Noël n'est que jeudi. »

Pignol rongeait son frein, ne sachant quelle attitude prendre, pressentant que Mercier, passé sur ses traces, avait engrangé une moisson de renseignements qui lui avaient échappé. Ce n'était pourtant pas faute d'avoir interrogé les témoins plusieurs fois. Le commissaire ne lui livrerait vraisemblablement pas le fruit de ses investigations et il en serait quitte pour des suppositions et des conjectures sur d'éventuelles découvertes et de nouvelles pistes. Il aurait mille fois préféré un reproche ou une remontrance, voire même une bonne engueulade fraternelle, mais cette indifférence feutrée et polie qui faisait si peu de cas de son travail le crucifiait. Mercier semblait avoir repris les rênes.

– Tu files chez Hermès puis chez Weston et tu ramènes le listing de leur clientèle régulière, fit Mercier, à présent directif. Tu croises avec les décorés de la Légion d'honneur, tu élimines les plus de cinquante ans et tu nous trouves l'oiseau rare. Il doit habiter ou travailler pas très loin du Bristol. Ah ! J'oubliais, il est marié. Mets trois équipes sur l'affaire et demande aux informaticiens de t'aider. Je veux du concret au plus vite. D'accord ?

– Pour demain, au mieux, dans la matinée. Vous serez où ? demanda Pignol d'une voix sinistre.

– Demain, j'irai voir la mère de cette demoiselle Charron. Elle aussi a peut-être des renseignements intéressants à nous communiquer. Pendant que j'y pense, téléphone-lui ce soir pour l'avertir de ma venue… disons… vers 10 heures. Tu y mets les formes car l'enterrement de sa fille date d'hier.

Cette façon de se faire traiter comme un petit garçon humiliait Pignol au plus haut point. Il haussa les épaules et répondit sur le ton de la plaisanterie mais le cœur n'y était pas.

– Avec un peu de chance, la mère, la fille et l'amant ont pris le thé ensemble. Pour sûr, elle va vous donner son nom et son adresse. On n'aura plus qu'à téléphoner pour organiser une petite garde à vue sur le mode d'un rendez-vous mondain.

– Qui sait…, murmura le commissaire avec un sourire narquois.

– Si vous pensez le cueillir avant demain midi, je vous garde un panier à salade et je vous paye l'apéritif.

Mercier ne répondit que par un petit grognement, laissant Pignol poursuivre.

– Je vous sens pressé, vous mettez le turbo, vous voulez terminer cette affaire avant le réveillon ?

– Tu ne crois pas si bien dire.

– Pourquoi ?

– Parce que j'ai promis à Mme Mercier de l'accompagner à la messe de minuit à l'église Saint-Germain-des-Prés.

– Il paraît qu'ils vont faire une crèche vivante avec les enfants de la paroisse, cela va être magnifique, répliqua Pignol, ils l'ont dit dans le journal. Au fait, vous ne m'avez toujours pas répondu lorsque je vous ai demandé un conseil pour le cadeau de Noël de ma femme.

– Une belle bande dessinée. Comme ça, elle pourra te faire la lecture avant de t'endormir.

Pignol resta éberlué, ne sachant pas si c'était sérieux ou non. Le commissaire mit fin à l'entretien. Il n'avait pas encore formulée sa proposition pour la messe de minuit. En tous cas, cette promesse de conciliation animerait utilement la soirée pour se faire pardonner l'histoire de la petite fleuriste qui embrumait depuis plusieurs jours l'ambiance des dîners du couple Mercier.

Avant de rentrer chez lui, le commissaire avait encore du travail. Plusieurs demandes de renseignements sur les affaires en cours étaient posées sur son bureau en petites piles bien rangées. Sur l'une d'elles, il reconnut la photographie de l'homme dont lui avait parlé José quelques jours auparavant. Effectivement, c'était un beau barbu, jeune, les traits fins, l'air volontaire, le regard noir et profond. Il y avait son nom, Mamoud el Khebir, un Afghan soupçonné d'appartenir à une entreprise terroriste, le parcours classique : montagnes afghanes pour la préparation psychologique, camp d'entraînement au Yémen pour affiner la technique, travaux pratiques en Tchétchénie. Il était présenté comme un logisticien, un préparateur, un agent recruteur, un décideur, un concepteur de mauvais coups.

Pas du menu fretin, du premier choix, comme l'avait si bien dit José.

Cette nuit-là, le commissaire dormit comme une souche. Au lever, il était de très bonne humeur, sifflotant sous la douche, traînant d'une pièce à l'autre pieds nus et en pyjama sans but bien défini, serein, complimentant son épouse sur le sapin de Noël et la crèche.

Celle-ci savait depuis longtemps que ces instants trop rares étaient pour son mari des petits bonheurs, des pépites de satisfaction à l'état pur. Sans un mot, elle avait compris qu'il irait travailler tard et elle prépara un solide petit déjeuner. Discrètement, elle ouvrit un pot de gelée de groseille faite maison et alla chercher du pain frais. Elle en profita pour ramener les journaux du matin.

Un énorme bol de café au lait fumant devant lui, Mercier se beurrait largement une épaisse tartine. Son bonheur était presque total sauf que les quotidiens étaient restés sur le guéridon. Sa femme ne les avait pas mis sur la table comme à l'accoutumée.

– Tu ne vas pas travailler? dit-elle d'une voix douce.

– J'ai rendez-vous avec un témoin à 10 heures alors, je traîne un peu en attendant, d'autant que ce soir j'aurais peut-être une garde à vue qui risque de m'occuper une bonne partie de la nuit.

– Ah…

– Quoi de neuf ce matin? dit-il en montrant les journaux du menton.

– Bah! justement…

– Mauvaises nouvelles?

– Tu ne vas pas être content, on parle de ton affaire du Bristol, je voulais que tu prennes ton petit déjeuner tranquille…

Elle lui passa les journaux.

Un journaliste malintentionné avait fait une contre-enquête et retrouvé l'ancien site Internet de Marie-Caroline Charron avec une photographie suggestive. Il faut dire que la période qui précède Noël est traditionnellement pauvre en nouvelles fraîches et donc propice à l'éclosion de petits scandales ordinaires qui font long feu avec la Nativité mais amusent les esprits faibles comme le pétard du feu d'artifice qui n'éclaire que l'espace d'un instant. Une débauche de bruit et de lumière puis plus rien, le retour à l'obscurité… Flairant la nature des relations de Marie-Caroline, ce chroniqueur irrespectueux publiait un article incendiaire sur le Bristol transformé en hôtel mal famé et terminait son brûlot par des insinuations perfides sur une probable protection octroyée par la police, ravie d'avoir si près de l'Élysée un lupanar convenable. La jeune fille y était présentée comme une gourmandise pour hommes politiques en quête de libertinage, souhaitant assouvir ses fantasmes dans la soie d'un grand hôtel parisien.

Au même moment, à la crime, l'ambiance avait brusquement changé. Oubliés le train-train ordinaire et la préparation du réveillon. Le divisionnaire ne décolérait pas, s'agitait dans tous les sens et cherchait un bouc émissaire sur qui tomber à bras raccourcis. C'est Pignol qui n'avait pas encore lu les journaux du matin qui prit l'orage en pleine poire. Il essayait vainement de se justifier, ce qui eut l'effet de l'huile sur le feu.

– Je l'avais bien dit, je le sentais venir et je vous avais prévenus, hurlait le divisionnaire sur tous les tons.

– C'est vous qui n'avez pas voulu publier un portrait-robot dans la presse pour préserver la réputation d'un hôtel renommé, répliqua un Pignol hargneux. Maintenant, vous avez un beau scandale sur les bras, à mi-chemin entre le palais de l'Élysée et le ministère de l'Intérieur. On ne pouvait rêver mieux pour égayer les fêtes de Noël qui sont un peu tristes cette année…

Pignol, très remonté, n'arrêtait plus. Monotone comme un orphéon, il dégoisait ses rancœurs comme on prêche dans le désert car son supérieur ne l'écoutait jamais. Compte tenu de la tournure médiatique des événements, le divisionnaire était toutefois un peu gêné aux entournures. Pendant ce temps, Mercier se goinfrait de tartines beurrées.

Cette affaire de mœurs, qui avait bien failli être enterrée sans autre forme de procès, remontait en surface comme une difficulté à régler au plus vite, avant que la télévision n'en fasse ses choux gras. Heureusement, le réveillon du jeudi et la trêve des confiseurs respectée par tous, la presse y compris, donneraient un peu d'air pour souffler et régler le problème.

Finalement, le divisionnaire et Pignol se mirent d'accord sur le dos de Mercier. Responsable officiel de l'enquête, il assumerait donc seul devant la presse déchaînée les conséquences désastreuses de ce scandale.

En arrivant chez Mme Charron, le commissaire savait qu'il devrait faire profil bas pour espérer en tirer quelque chose. C'était une victime qui venait de perdre brutalement sa fille dans des conditions tragiques. Elle avait probablement lu le journal du matin qui avait fait ses gros titres sur les occupations scandaleuses de la demoiselle et, dans un sursaut protecteur bien tardif, l'amour maternel allait protéger la défunte fille de toutes les rumeurs, mêmes les plus avérées.

Il ne se faisait guère d'illusions sur le succès de son entreprise mais qui ne tente rien n'a rien, et cette visite était une opportunité pour gagner du temps, laisser se calmer le divisionnaire, d'autant qu'il espérait beaucoup du travail informatique de croisement de listes qu'il avait confié à Pignol.

Mme Charron n'aurait qu'à éclater en sanglots devant ce vilain flic de la criminelle, sans aucune considération ni savoir-vivre élémentaire, qui venait ainsi la persécuter à quarante-huit heures de l'enterrement de sa fille sauvagement assassinée, et lui n'aurait plus qu'à lui tendre son mouchoir avant de retourner bredouille au Quai.

L'immeuble était cossu et la concierge, une grosse femme en blouse et chaussons, vraisemblablement prévenue, conduisit le commissaire directement à l'appartement. Le salon témoignait d'une bourgeoisie mesquine. D'innombrables objets sans valeur étaient disposés sur des guéridons : des chatons en faïence sur une commode, des napperons de dentelle sur les meubles, des broderies faites à la main accrochées aux murs dont le papier peint était délavés par le temps, de nombreuses photographies, représentant Marie-Caroline enfant ou avec sa mère. Une maison de poupée encombrée d'objets hétéroclites, une brocante miniature. On comprenait aisément le désir de Marie-Caroline de sortir de ce milieu confiné où sa mère lui avait volé son enfance.

Les yeux de Mme Charron étaient rougis par le chagrin mais secs. Son ton n'était guère amène.

– Vous savez, monsieur le commissaire, je suis encore sous le choc de l'enterrement et j'ai déjà tout dit à votre collègue. Je suis très fatiguée, j'ai besoin de calme et de repos…

– Justement, madame, je ne viens pas pour vous interroger mais pour vous tenir au courant de la progression de l'enquête. Nous avançons rapidement et je pense que nous allons retrouver l'homme qui a passé la nuit avec votre fille. Je suis sur une piste et je vais l'identifier, ce n'est plus qu'une affaire de vérification. Dans quelques heures, j'aurai son nom et son adresse et, ce soir, il sera en garde à vue à la brigade. Il faudra bien qu'il parle. Avant Noël, cette affaire sera résolue, je vous en donne ma parole.

Peine perdue, la nouvelle n'eut pas l'effet escompté. Mercier pensait mettre Mme Charron en confiance et l'amener à quelque confidence. C'est le contraire qui se produisit. Son expression reflétait une inquiétude, des rides profondes apparurent sur son front, son regard se glaça, ses lèvres virèrent au violet. Un tremblement agitait maintenant ses doigts.

– C'est bien sûr notre suspect numéro un, continua Mercier imperturbable mais conscient du trouble de son interlocutrice.

Le regard de Mme Charron avait brusquement changé. Comme un chat encerclé par une meute de chiens, ses yeux jetaient des éclairs, mais elle ne disait pas un mot. Cette femme était beaucoup plus forte qu'il ne l'avait imaginé. Un corps mou comme de la guimauve cachait une volonté de fer et une détermination indestructible. Même sous la torture cette femme ne dirait pas un mot.

Le commissaire était perplexe. Il s'interrogeait tout en continuant sur l'air lénifiant des condoléances de circonstance, pour gagner du temps. Elle savait quelque chose mais, solidaire de sa fille jusqu'après sa mort, elle ne dirait rien. La mère et la fille avaient la même insensibilité à la violence des mots. Devant ce silence de mauvais augure, il poursuivit.

– Ce monsieur semble avoir quarante ans, il a une belle allure et paraît aisé. Il possède un excellent bottier et porte des cravates élégantes. De surcroît, il est décoré de la légion d'honneur.

– Ah!...

– Il voyait votre fille environ deux fois par mois, du moins pour les rencontres au Bristol car, pour le reste, nous ne savons rien.

– Rien d'autre! s'exclama Mme Charron.

– C'est déjà pas mal, de plus, il est sans doute marié.

– Oui, je sais, cela faisait même beaucoup de peine à Marie-Caroline.

Mercier n'en croyait pas ses oreilles, Mme Charron venait de craquer. Sa fille lui avait parlé de cette relation. Il resta silencieux quelques instants pour ne rien brusquer.

– Ils se connaissaient depuis quelques années.

– Mlle Charron vous racontait?

– Oui, un homme cultivé de très bonne famille avec une excellente situation.

– Mais pourquoi ces rencontres dans un hôtel?

– Par discrétion... Vous venez de me dire que c'est un homme marié, c'est déjà une bonne raison. Et puis, pour ce qu'ils avaient à faire, il valait mieux que cela ne se passe ni chez elle ni chez lui, ajouta la mère tristement.

– Et pourquoi toujours le même hôtel, ils auraient pu changer leurs habitudes?

– Je ne sais pas... Par commodité pour lui sans doute.

– Vous pensez, madame, qu'il demeure dans ce quartier?

– Ou qu'il y travaille!

Manifestement, Mme Charron connaissait assez bien l'individu et Mercier ne comprenait pas pourquoi elle n'avait pas dénoncé plus tôt le probable assassin de sa fille. Elle semblait même prendre un malin plaisir à le protéger. Il fallait avancer et les questions qui brûlaient la langue du commissaire allaient être difficiles à entendre pour une mère éplorée.

– Il lui donnait de l'argent ?

– Oui, bien entendu.

Mercier n'en revenait pas, que sa fille reçoive de l'argent de son amant ne semblait pas gêner Mme Charron le moins du monde.

– Si j'en juge par la somme que l'on a retrouvée dans son sac, il était très généreux.

– Il s'en foutait, ce n'était pas lui qui payait.

– Quoi ?

– Il la rémunérait pour les renseignements qu'elle lui donnait. De l'argent bien propre, récolté par nos impôts, un comble mais, dans ce monde-là, l'odieux est banalisé et l'ignominie n'a plus de limites depuis bien longtemps. Ce n'est pas à vous que je vais apprendre ces choses. L'argent, il n'est jamais sorti de sa poche. Ça les faisait d'ailleurs bien rigoler.

– Mais de quels renseignements parlez-vous ?

– Je ne sais pas, elle ne me donnait pas de détails. Marie-Caroline fréquentait le monde politique. Elle lui vendait des indiscrétions qu'elle glanait ici où là. Lorsque ma fille allait au Bristol, elle disait en plaisantant qu'elle partait en mission officielle.

– En mission ? fit Mercier étonné.

– Oui, comme dans un travail commandé.

– Je ne comprends pas, expliquez-vous !

– Marie-Caroline a toujours été une enfant espiègle et curieuse, ce qui explique sa vie atypique avec des bons et des mauvais côtés, mais c'était une existence choisie avec détermination et en toute connaissance de cause. Si c'est moi qui ai commencé en la propulsant dans la mode enfantine, c'est elle qui est responsable de la suite, elle qui a assuré son succès par un travail acharné, elle qui a assumé la profession sulfureuse de danseuse au Crazy Horse, elle encore qui s'est acoquinée avec le monde politique. Sa curiosité était exacerbée et elle savait mieux que quiconque emberlificoter les gens pour recueillir leurs confidences. C'est bien simple, ses copines danseuses avaient baptisé sa loge le confessionnal. Comme psychiatre, elle aurait fait un tabac.

Mercier faillit ajouter « confidences sur l'oreiller » mais n'osa pas. Il murmura.

– Madame, je veux bien croire que la curiosité est un vilain défaut mais on ne tue pas pour si peu.

– En êtes-vous si sûr ? répondit-elle le regard dur mais déjà au bord des larmes.

– Il faut m'en dire plus si vous voulez que je comprenne et que j'avance dans la résolution de cette enquête.

– C'est bien là le problème, je ne suis pas sûre d'avoir envie d'en savoir plus.

– Vous ne voulez pas que l'assassin de votre fille soit arrêté ?

– Si.

– Alors il faut m'aider un peu pour que justice soit rendue.

Le policier sentait arriver le renseignement qu'il attendait et sa voix s'était adoucie. Les yeux plissés et mi-clos du félin en chasse, l'oreille attentive, proche du visage de Mme Charron, il écoutait.

– Je pense que vous faites fausse route en imaginant que cet homme est l'assassin de ma fille. Certes, il profitait d'elle mais il était surtout son amant de cœur. Il est impensable que ce garçon lui ait fait le moindre mal, il y avait trop de liens et de confiance entre eux. Ils s'étaient rencontrés à l'Institut des langues orientales. Marie-Caroline y était inscrite comme étudiante ; il y donne des cours d'iranien. C'était à l'époque où elle travaillait au Crazy Horse. Elle ne voulait pas être seulement une jolie frimousse sur une paire de jambes avec la poitrine de Marilyn au milieu, elle voulait que l'on reconnaisse aussi sa culture, son esprit, sa sensibilité, et c'est parce que cet homme savait la complimenter sur ce registre qu'ils ont fait si bon ménage ensemble. Elle souhaitait se nourir un peu l'esprit et c'est comme ça que tout a commencé. Un homme qui ne lui parlait pas que de son corps mais qui plaisantait avec elle, qui lui racontait des tas de choses, qui la faisait rire, qui la cajolait… Vous êtes sur une mauvaise piste… Il n'y a pas de mobile. Vous, un flic intelligent, est-ce que vous iriez supprimer un indicateur que vous payez et qui vous renseigne ? On ne tue pas la poule aux œufs d'or. Vous faites erreur… Il y a quelques semaines, il l'avait emmenée à Eurodisney.

– Et ça prouve quoi ?

– Qu'il l'aimait, répondit Mme Charron en fixant Mercier droit dans les yeux.

– Si mon hypothèse est fausse, je veux bien en changer mais, pour cela, il me faut une bonne raison, répondit Mercier.

– Elle écrivait une sorte de livre, ses mémoires en sorte. Un jour, j'en ai lu quelques paragraphes. Je peux vous dire que la publication de certains passages en mettrait plus d'un mal à l'aise.

– Et elle le planquait où, ce manuscrit ?

– Dans sa bibliothèque, il y a une cachette dans le socle en bois massif du meuble. Il doit s'y trouver encore.

On avançait mais le plus dur était à venir.

– Et vous avez eu envie de le récupérer, ce cahier indiscret ?

– Oui, parce que c'est une bombe à retardement qui peut nuire à beaucoup de gens. Mon intention était de le détruire en le jetant dans la Seine.

– Vous êtes donc allée quai de Béthune pour le soustraire à des esprits curieux et possiblement mal intentionnés.

– Oui, j'y suis allée dimanche soir mais je ne suis pas entrée car il y avait des scellés sur la porte. Vous pourrez demander confirmation à la concierge.

– Et vous êtes rentrée chez vous.

– Oui, bredouille. Comme personne ne pourra trouver la cachette, je n'ai qu'à attendre tranquillement que tout ceci soit terminé. Vous allez bien être obligés de les enlever un jour, ces maudits scellés.

– Et vous êtes revenue plus discrètement le lendemain.

– Jamais de la vie. Qu'est-ce que vous inventez là, je vous jure que, depuis dimanche, je n'ai pas remis les pieds sur l'île Saint-Louis.

– Dans la nuit de lundi à mardi, quelqu'un a forcé la porte de l'appartement de votre fille avec un pied de biche.

– Ce n'est pas moi.

– Vous pouvez le prouver ?

– Oui.

– Je vous écoute.

– C'est facile, si je suis la voleuse, le manuscrit n'est plus dans sa cachette mais si, au contraire et comme je le crois, il y est encore, c'est que vous m'accusez à tort. Cela vous va comme raisonnement ? Je vous propose d'y aller tout de suite, vous en aurez le cœur net puisque vous ne semblez pas disposé à me croire sur parole. Depuis dix jours vos plus fins limiers fouillent cet appartement et cherchent des indices. Un document clef se trouvait là, sous votre nez, et bien sûr vous ne l'avez pas trouvé.

– Eh bien allons le chercher, ce cahier qui semble tant vous tenir à cœur, dit Mercier fermement en se levant.

La cachette

Le trajet jusqu'au quai de Béthune prit quelques minutes en taxi, une condition idéale pour poursuivre une conversation laborieuse. Mme Charron, inquiète, les mains légèrement tremblantes, le regard fixé sur la nuque dégarnie du chauffeur, ne quittait pas le registre des généralités sur sa fille, qu'elle présentait comme une femme cultivée et une bibliophile avertie. Mercier avait bien du mal à placer ses questions et subissait passivement le monologue.

– Toute sa vie, disait-elle, elle a passé plus d'heures à attendre qu'à travailler. Dans un casting, une séance photo ou un défilé, on attend des heures pour travailler quelques minutes. Au Crazy Horse, c'était pareil, et pendant ce temps libre imposé, Marie-Caroline lisait. Enfant, c'étaient les contes de Perrault et, adolescente, Alexandre Dumas. Petit à petit, elle a pris goût à la littérature. Adulte elle s'est mise à collectionner les livres anciens. Dans sa bibliothèque, vous allez voir, il y en a pour une fortune. Des vieux manuscrits annotés par leurs auteurs, de la poésie et beaucoup d'ouvrages religieux. Elle n'avait confiance ni dans la Bourse ni dans les banques et elle plaçait son argent comme cela…

– Mme Charron, interrompit le commissaire, votre fille n'était pas simplement une amoureuse des livres, elle avait également des passions plus charnelles et c'est plutôt dans ce registre que se trouve le mobile du crime, ne croyez-vous pas ?

– Oui. Elle vivait à cent à l'heure, sans arrêt en excès de vitesse et à vouloir frôler la ligne jaune. Elle me disait souvent qu'elle aurait rêvé d'être funambule. Le risque, le non-conventionnel, réaliser ce que les autres n'osent pas faire, c'était son oxygène à elle et tant pis si c'était immoral, elle était insensible à ce genre de considérations. C'était une intrigante, toujours à faire des mystères, toujours en déséquilibre et à rechercher le danger…

– Expliquez-vous…

– Avec l'homme que vous recherchez, ses relations étaient ambiguës, moitié maîtresse et moitié femme d'affaires.

– Mais au Bristol, il n'y avait pas que ce monsieur distingué, il y avait aussi d'autres hommes, nombreux.

– Oh ! Avec les autres, cela n'avait pas réellement d'importance, elle ne les voyait même pas, ils passaient dans sa vie l'espace d'un instant, un point c'est tout. Une nécessité pour exercer son métier d'espionne avec un maximum d'efficacité. Elle savait être imperméable lorsqu'elle le voulait. C'est ce sentiment bizarre qu'elle aurait voulu exprimer dans son autobiographie. Certaines rencontres l'amusaient beaucoup, comme ce dîner à l'Élysée où, placée à la gauche du Président de la République, elle a passé la soirée en conciliabule avec lui, au grand dam de la première Dame de France qui lui jetait des regards incendiaires. Toute l'assistance riait sous cape. Il y avait aussi de bons moments dans son existence. J'ai des souvenirs extraordinaires, moi aussi je devrais écrire un livre.

– Pour en revenir à celui de votre fille, avait-il un titre ?

– Oui, Marie-Caroline avait imaginé un titre choc, mais malheureusement quelqu'un l'avait déjà utilisé récemment.

– Lequel ?

– "La Putain de la République".

– Le livre de Christine Deviers-Joncour ?

– Oui, une femme superbe et admirable qu'une justice imbécile a mise en prison pour avoir un peu mêlé vie privée et vie professionnelle. Elle aussi, on aurait pu la retrouver morte dans une chambre d'hôtel. Marie-Caroline s'en est moins bien tirée...

– Parce que vous faites une analogie entre les deux personnages ?

– Non, pas vraiment, l'une espionnait le service public pour le compte d'une compagnie pétrolière et Marie-Caroline faisait exactement le contraire, elle renseignait l'État sur le microcosme parisien qu'elle connaissait bien. Depuis l'affaire des écoutes téléphoniques du temps de Mitterrand, il a fallu revenir à des méthodes plus artisanales et Marie-Caroline faisait partie de cet arsenal.

– Et vous croyez qu'on l'a tuée pour cela ? relança le commissaire.

– Non, je ne le pense pas, j'essaye de vous expliquer la toile de fond, l'ambiance, le contexte général, il faut suivre un peu, quand on vous parle... Pour le meurtre, c'est autre chose, elle a dû faire une bêtise mais je ne sais pas laquelle.

– Avec vos réponses en forme de rébus, on tourne en rond madame Charron.

– Nous sommes arrivés.

Mme Charron avait réussi à gagner du temps mais Mercier était maintenant en position de force car soit il récupérait les mémoires de Marie-Caroline et il y trouverait des renseignements utiles à la progression de son enquête, soit le livre n'y était plus et, pour se disculper, la mère serait obligée à de nouvelles révélations. Il n'avait qu'à attendre patiemment, c'était du tout cuit.

La concierge les accueillit, l'air soupçonneux.

– Encore vous ? Vos collègues sont sur place, commissaire, ils cherchent des traces et des empreintes.

En pénétrant dans l'appartement, Mme Charron s'arrêta dans l'entrée, ouvrit les différentes portes, jeta un regard circulaire dans toutes les pièces comme un adjudant qui passe ses troupes en revue avec le sentiment que tout va mal et qui cherche un prétexte fallacieux pour pousser une colère. Finalement, elle se retourna vers le commissaire, les mains sur les hanches, furieuse, le toisant du regard avec un geste méprisant pour les fonctionnaires de police qui faisaient leur boulot depuis le matin.

– Eh bien, c'est du propre ! Ah ! elle est belle la police, on ne peut vraiment pas vous faire confiance.

– Calmez-vous, que se passe-t-il ?

– Ah ! vous ne voyez rien ?

– Non.

– Les bonsaïs.

– Quoi les bonsaïs ? répondit Mercier maintenant irrité par la tournure presque irréelle que prenait la conversation. Il en manque un ?

– Non, mais depuis plus de dix jours personne ne les a arrosés, regardez, la terre des pots est toute craquelée. Si ces arbres savaient parler, vous entendriez leurs plaintes, ils vous passeraient un sacré savon pour votre incompétence. Vous auriez pu au moins laisser la concierge ou Paulette entrer dans l'appartement pour s'en occuper. Regardez, il y a même déjà quelques feuilles qui sont tombées. Brigitte va avoir du travail, elle va mettre au moins trois mois à réparer ce saccage.

– Brigitte ?

– Oui, Brigitte, je ne connais que son prénom, c'est une spécialiste des bonsaïs, c'est elle qui nous donne des conseils et qui les soigne quand ils sont malades. Vous ne vous rendez pas compte de l'extraordinaire fragilité de ces végétaux. Il y a urgence, il faut les réhydrater tout de suite.

– Et notre manuscrit ?

– Ne vous inquiétez pas, chaque chose en son temps. Là où il est, il ne risque pas de s'envoler.

Le commissaire avait compris qu'il n'aurait pas le dessus sur cette mère survoltée ou qui, peut-être, faisait semblant. Il n'avait plus aucune certitude. Rien ne prouvait que le cahier soit une réalité ou une mascarade pour donner le change et brouiller un peu plus les pistes. Il était également possible que Marie-Caroline Charron, pour éviter les questions épineuses et se justifier auprès de sa mère, ait inventé cette fable rocambolesque d'espionnage rémunéré que la femme naïve avait gobée ou feint de croire. Quelle était la raison de cette diversion ? Par cette façon désagréable de se rendre intéressante, que cherchait-elle ? Transmettre son anxiété ou lui faire passer un message ? Perplexe, Mercier se dirigea dans la cuisine, prit un pot dans un placard et se mit à le remplir au robinet.

– Mais que faites-vous, malheureux ?

– Vous voyez bien, vous voulez que la Police judiciaire arrose vos bonsaïs, eh bien, c'est ce que je vais faire.

– Alors vous, vous ne manquez pas d'air, vous vous foutez du monde.

– … ?

– Ah, ce n'est pas la peine de prendre cette mine de chien battu continua-t-elle en colère, vous qui êtes connu du monde entier pour le camélia qui est dans votre bureau. Comment vous l'arrosez, votre camélia ?

– Avec de l'eau de pluie.

– Exclusivement ?

– Oui.

– Et vous voudriez arroser les bonsaïs de Marie-Caroline avec de l'eau pleine de chlore et de javel ?

– … ?

– Venez.

Joignant le geste à la parole, elle tira Mercier par la manche et l'entraîna sur la petite terrasse qui prolongeait l'atelier d'artiste où sa fille entreposait ses aquarelles. Là, branché en dérivation sur une gouttière, il y avait un arrosoir qui recevait l'eau les jours de mauvais temps. Mme Charron versa un peu de ce précieux liquide dans un récipient plus petit. En rentrant dans l'appartement avec Mercier sur ses talons, elle se dirigea vers la cuisine et ouvrit un tiroir où étaient entreposés de multiples sachets.

– Ce sont les engrais, il y en a un pour chaque arbre mais aujourd'hui nous n'avons pas le temps. Je vais juste en mettre un peu pour le petit pommier japonais qui fait une sorte d'anémie et qui a besoin de fer. Brigitte analyse les feuilles qui tombent avec un microscope, elle fait alors un diagnostic et prescrit un traitement adapté. C'est comme un médecin mais pour les bonsaïs. Je vais dire à Paulette de venir finir le travail avant que vos collègues n'aient remis les scellés, si vous n'y voyez pas d'inconvénient.

Avant de jeter le minuscule petit sachet de papier dans la poubelle, le commissaire l'examina attentivement car il ressemblait beaucoup à ceux que lui donnait Mme Mercier pour fortifier son camélia. Sur le côté, il y avait un tampon et une adresse : rue des Saints-Pères. Il n'y avait maintenant plus de doute, le docteur des bonsaïs et la petite fleuriste voleuse de Mme Mercier ne faisaient qu'un.

Le commissaire était un trop vieux renard pour croire aux coïncidences. Que venait faire cette fleuriste dans ce meurtre du Bristol ? Son démêlé avec la police pour un petit larcin misérable était-il fortuit ? Tout se compliquait, il fallait revenir à l'essentiel.

– Madame Charron, je ne suis pas ici pour régler un problème botanique mais pour tenter de résoudre une enquête criminelle. Nous sommes venus chercher un cahier.

Ennuyée du tour nouveau que prenait la conversation, Mme Charron haussa les épaules, alla directement dans la bibliothèque et désigna le socle.

– C'est là, tous les ébénistes de qualité font une cachette dans les meubles qu'ils fabriquent, c'est une espèce de règle non dite dans la profession car ce détail n'apparaît jamais dans leur devis.

Se mettant à genoux, elle fit coulisser une moulure, dégagea une petite planchette qui, en se rabattant, découvrit un espace dans le bois massif. Brutalement son sourire se figea.

– Il n'est plus là…

– Vous voyez bien que quelqu'un est venu chercher le document dont vous évoquez l'existence. Si tant est qu'il existe…

– Vous me prenez pour une menteuse ?

– Peut-être.

– C'est la personne qui a fracturé la porte.

– Pas sûr, et rien ne prouve que ce n'est pas vous.

– …

Mercier, l'air renfrogné, tira à son tour Mme Charron par la manche assez brutalement et l'emmena dans l'atelier d'artiste. Il la plaça en face de l'endroit où Paulette avait signalé un tableau manquant. On ne pouvait pas ne pas remarquer cet espace vide sur le mur.

– Dites-moi si, par hasard, il ne manquerait pas quelque chose dans cette pièce ?

Le visage de Mme Charron se modifia mais alors qu'elle aurait dû s'inquiéter, se raidir, se crisper, son regard sembla soudain s'apaiser et le petit tremblement qu'elle avait depuis son entrée dans l'appartement disparut comme par enchantement. Mercier venait de comprendre qu'elle avait remarqué le tableau manquant, qu'elle en avait déduit l'identité du cambrioleur et en avait été plutôt rassurée.

– Non, je ne vois rien de particulier mais, vous savez, il y a tellement de bric-à-brac dans cette pièce…

De la même façon, le commissaire avait compris qu'elle ne dirait plus rien. Les confidences étaient terminées. Une page était tournée, il ne devait plus insister, il fallait maintenant respecter les croyances naïves de cette mère dont la fille venait d'être assassinée ; les fleurs sur sa tombe n'étaient pas encore fanées. Mme Charron avait toutes les excuses du monde pour faire des erreurs, même graves, de jugement. Le cahier n'était qu'une hypothèse, un prétexte, peut-être une fable et le discours de la mère sur la vie modèle de sa fille un tissu d'âneries. Il avait été au bout des limites de son interlocutrice et il en savait assez pour aujourd'hui. Maintenant, le commissaire n'avait plus besoin de portrait-robot pour retrouver rapidement son suspect.

Un ange était passé, Mme Charron avait repris le masque de la tristesse, son exubérance de tout à l'heure était retombée comme un soufflé refroidi, elle n'appartenait déjà plus au monde des vivants mais allait se renfermer dans un univers limité à son appartement, quelques photos jaunies, des coupures de journaux et une histoire édulcorée.

Toutefois, en redescendant l'escalier, d'une voix chevrotante, presque dans un soupir, elle reprit.

– Méfiez-vous, commissaire, vous ne savez pas sur quelle fourmilière vous allez mettre le pied…

– Ne vous inquiétez pas, j'ai la peau dure et de grosses semelles à mes souliers.

– J'ai peur…

– De quoi, bon sang ?

– Quelqu'un cherche…

– Qui, quoi ?

– On a déjà tué ma fille, le travail n'est pas fini… Tant qu'il n'aura pas trouvé…

– Expliquez-vous, de quoi avez-vous peur ?

– Qu'il vienne s'en prendre à moi qui connaissais cette cachette.

– Raison de plus pour que vous m'aidiez. Vous voulez que j'envoie quelqu'un pour surveiller votre immeuble ?

Mme Charron haussa les épaules. En s'éloignant vers le quai de Béthune pendant que Paulette montait s'occuper des bonsaïs, elle murmura :

–Vous n'avez rien compris, commissaire, vous faites fausse route. Mais l'homme que vous recherchez, il s'appelle Jean.

Le conseiller du Président

En sortant du quai de Béthune vers midi et demi, étonné de la fable qu'il venait d'entendre, contrit d'avoir été accusé d'être sur une mauvaise piste mais satisfait de son efficacité, Mercier eut soudain conscience d'un léger tiraillement de son estomac. Après le copieux petit déjeuner du matin, il n'avait pas faim mais il avait soif.

Il savait que pour progresser il lui fallait retrouver cet homme. Il sentait qu'il était près du but, ce qui le mettait dans un état certain d'excitation. Son savoir-faire de fouine dans la conduite des interrogatoires était certes avéré, mais, parfois, cela lui déclenchait un sacré mal de tête.

Il était trop tôt pour rentrer à la brigade ; le divisionnaire ne devait pas être encore calmé et Mercier était résolu à ne l'affronter que lorsqu'il aurait réussi à trouver ce Jean. D'autre part, vu la presse du matin, une tribu de journalistes devait faire les cent pas sur le quai des Orfèvres, et il n'était pas d'humeur à discuter avec eux. Il pressentait une garde à vue dans les quarante-huit heures à venir et il fallait prendre des forces en prévision de ces moments difficiles également pour les pauvres flics qui y consacrent une bonne partie de leurs nuits.

À l'instant, il avait une furieuse envie de ne rien faire, de mettre ses idées entre parenthèses, de se laisser bercer par le temps qui passe avec comme seul souci un atterrissage en douceur le plus loin possible des réalités. Il serait bien rentré chez lui déjeuner mais sa femme n'aurait pas compris.

Le discours de Mme Charron était perturbant. Il y avait bien deux Marie-Caroline différentes, voire contradictoires. La première était extravertie, exhibitionniste, c'était l'enfant mannequin, la danseuse nue du Crazy Horse, la coqueluche des cocktails parisiens, un fantasme concret pour le monde politique. La seconde était plus secrète, entretenant une relation privilégiée avec un homme important et construisant au milieu de son appartement une pièce étrangère, une bibliothèque d'exception, une collection d'ivoires rares, un nid où nul n'avait le droit d'entrer, un terrier où la bête venait se ressourcer, un refuge inexpugnable où elle prenait le temps de lire et de réfléchir. Cette dualité entre une Marie-Caroline qui se montre et une Marie-Caroline qui se cache était la clef de l'énigme.

Sous le prétexte de téléphoner à Pignol pour lui communiquer le prénom de l'homme recherché, Jean, et son emploi à l'Institut des langues orientales afin de faciliter le travail des informaticiens de la Police judiciaire chargés de recouper les listings, il entra dans le premier bistrot venu et commanda le menu du jour pour justifier la bouteille de vin dont il avait besoin.

Avec un début de mal de tête, son esprit était flou. Il était habitué à ces passages à vide qui se répétaient depuis quelques années, et il savait que cela ne durerait qu'un petit quart d'heure. Il n'avait qu'à prendre son mal en patience. Dans ces moments, son cerveau divaguait un peu et des souvenirs épars lui revenaient en mémoire. Ses idées partaient en balade sans cohérence. Comme sur un manège infernal, arrestations, filatures, bons coups faits à une brigade concurrente tournoyaient. Il y avait aussi des visages, des mines patibulaires, des cadavres froids allongés sur les linceuls de la morgue du quai de la Rapée. Tous ces acteurs, sortis inopinément du fond de ses souvenirs, s'affichaient en désordre comme dans une divine comédie et s'agitaient comme autant de pantins grimaçants. Ces personnages que le commissaire avait envoyés à l'ombre pour des lustres mimaient des figurines sinistres ayant perpétué des crimes affreux, et l'espace de quelques instants lui jouaient dans la tête une sarabande endiablée.

Ces images hagardes aux contours incertains peuplaient aussi les songes du commissaire comme autant de démons. Ces visions hallucinées hantaient souvent ses rêves, les transformant en cauchemars, et parfois il criait pendant son sommeil, lorsque ces âmes damnées lui donnaient rendez-vous dans l'au-delà pour une vengeance diabolique, réveillant ainsi son épouse qui gentiment lui tapotait le dos.

Son athéisme, opposé à la piété inconditionnelle de Mme Mercier, trouvait sa source dans ces visions délirantes : si cet au-delà devait être une seconde rencontre avec ces affreux personnages, mieux valait qu'il n'y eût rien après la mort que cet enfer perpétuel.

Il en avait parlé à son docteur qui lui avait conseillé d'arrêter le café et d'éviter les boissons alcoolisées. Finalement, il avait décidé de faire chambre à part.

Même s'il semble inséré dans la société qui l'entoure, un commissaire de police reste un solitaire. Comme la goutte d'huile dans l'eau, il va et vient au gré du mouvement mais ne se mêle pas facilement à son environnement. Les gens s'en méfient, leurs conversations manquent de naturel, comme s'ils avaient peur qu'une confidence soit mal interprétée et fasse l'objet d'une fiche de police. Face à la difficulté à nouer de vrais rapports amicaux, le flic finit par s'attacher à certains personnages déviants. Ainsi, Mercier qui n'échappait pas à cette règle, s'était lié avec certaines prostituées de la capitale qui le lui rendaient au centuple en devenant ses meilleurs indicateurs. Marie-Caroline n'aurait pas déparé le lot. C'était même parfois de véritables collaboratrices payées en monnaie de singe avec lesquelles il se sentait à l'aise et naturel, une communauté d'intérêt pour les besoins de la brigade, en quelque sorte.

Et puis, il y avait le tableau blanc de son bureau sur lequel Mercier disposait les photographies des acteurs principaux des enquêtes en cours. Cela ne servait apparemment à rien et pour ses collègues, c'était un sujet de moquerie, à l'instar de son célèbre camélia. Mais, pour lui, c'était comme un pense-bête, un rite immuable, et ces portraits lui servaient de tuteur pour construire un raisonnement et démêler l'écheveau compliqué des intrigues du moment.

L'espace d'un éclair, il revoyait son vrai faux barbu à la tête de jeune premier, et Marie-Caroline morte mais encore souriante, photographiée par Pignol sur la scène du crime, un visage d'adolescente.

Le mal de tête s'estompait déjà et sa dernière vision fantasmagorique fut celle du corps dénudé, magnifique, imberbe et inerte de Marie-Caroline Charron. Elle était sur le dos, la jambe droite écartée, le pied retombant sur le bord du lit. L'immense peignoir de l'hôtel faisait une tache rose sur la moquette beige de la chambre à coucher.

Il ne la connaissait pas mais il imaginait ce corps plein de vie tout entier dédié au plaisir charnel. Enfant, elle avait fait la joie des photographes, adolescente, le plaisir voyeuriste des clients du Crazy, et femme, l'agrément plus discret des amateurs d'alcôves. Finalement, sa vie avait un fil directeur. Quel grain de sable était venu déranger cette logique qui ne gênait personne ?

À côté de ces images fugaces mais insistantes, ce Jean à demi identifié laissait comme un vide. C'était sûrement lui, ce grain de sable. Il contrastait avec les rencontres habituelles de Marie-Caroline qui apparaissaient clairement comme de la galanterie pure et simple même si elle était maquillée de luxe, de discrétion et ne concernait que des gens connus du monde politique. L'homme était plus jeune, plus beau, plus viril, plus fringant et Marie-Caroline semblait y être attachée. Il lui donnait de l'argent mais le caractère humiliant de ce geste n'apparaissait guère à sa mère. Bref, quelque chose ne collait pas. Il manquait un maillon.

Et puis, il faudrait bien aussi retrouver cet espion double qui donnait aux terroristes des renseignements de premier plan sur les enquêtes en cours, annulant ainsi leur efficacité.

Son mal de tête avait disparu, il se décida à appeler Pignol.

– Allô, Pignol ?

– Oui.

– C'est Mercier, tu avances dans les listings ?

– Oui, chez Hermès ils n'ont rien de très sérieux mais chez Weston, ils ont un système informatisé très au point. Idem à la Légion d'honneur mais ils m'ont fait chier et j'ai dû demander une commission rogatoire au juge.

– Il te l'a donnée ?

– Oui. Lui aussi, il a lu le journal ce matin et il veut mettre le turbo. Les informaticiens vont croiser tout cela avec l'âge et un domicile parisien. J'aurai une première liste dans quelques minutes…

– Ne te fatigue pas, j'ai déjà son prénom.

– C'est quoi ?

– Jean. De plus, il était chargé de cours à l'Institut des langues orientales. Tu y vas séance tenante et tu te renseignes un maximum sur ce monsieur.

– Bravo ! commissaire, ce gars-là, il est dans la nasse. Avant ce soir il sera identifié, il n'y aura plus qu'à aller le cueillir. Cela va bien nous faciliter la tâche parce que le divisionnaire ne décolère plus, il vous attend. Ce matin, c'est moi qui ai pris le savon mais je crois qu'il en a laissé un morceau de côté pour vous. Il tempête après la presse. Je ne vous raconte pas la meute de journalistes qui attend sous ses fenêtres et il aimerait bien que vous leur disiez quelque chose pour les calmer.

– Si c'est vraiment ça qu'il veut, il ne va pas être déçu du voyage et, pour les calmer, je vais les calmer, répondit Mercier. C'est tout ?

– Ah ! J'oubliais, on a cherché à vous joindre sur une ligne sécurisée. J'ai dit de rappeler. Il faudrait que vous reveniez car cela avait l'air très urgent.

Brutalement, Mercier fronça le front. Dans ce dédale de péripéties sans grande importance, ce fait nouveau annonçait un coup de tonnerre.

– L'interlocuteur a laissé son nom ?

– Non, c'est à vous qu'il veut parler, à vous seul.

– Il a donné le motif de son appel ?

– Non, motus et bouche cousue.

– Et d'où elle sort cette ligne sécurisée, c'est obligatoirement un site officiel ? La Préfecture, le Ministère ?

– Je me suis permis une petite recherche.

– Tu as bien fait.

– Cela vient du palais de l'Élysée, une ligne directe de la Présidence, sûrement une grosse huile. Je n'en sais pas plus mais je crois que vous devriez venir.

– O.K., je rentre.

Mercier s'engouffra dans un taxi.

– Quai des Orfèvres, grogna-t-il au chauffeur.

Un coup de téléphone en provenance de l'Élysée, ce n'était pas fréquent. Probablement au sujet de la taupe dans les services antiterroristes. Un plan avait dû être décidé et on souhaitait en haut lieu mettre la P. J. au parfum. Cette attention bienveillante et respectueuse des différents services de police était assez rare pour être soulignée. L'appel sur une ligne spéciale était une indication, la prudence était de mise dans ce genre d'affaire, mais ces communications aboutissaient habituellement chez Martine ou à la rigueur chez le divisionnaire qui, d'ailleurs, appréciait d'être ainsi mis en valeur. Là aussi, ça ne collait pas car l'administration est toujours très à cheval sur la hiérarchie.

Quelques minutes après son arrivée, par une porte dérobée pour éviter l'essaim des journalistes massés devant l'entrée principale, et un petit coup d'œil complice vers son camélia et au tableau mural, le téléphone sonna. Un voyant rouge s'alluma, signalant le caractère sécurisé de la communication, en principe une ligne directe de la Préfecture ou du ministère de l'Intérieur.

– Allô, commissaire Mercier ?

– Oui.

– Je m'appelle Jean Malesherbes, je suis un conseiller du président de la République et je dirige la cellule antiterroriste de l'Élysée.

– Mes respects, monsieur le conseiller, répondit Mercier poliment. Qu'y a-t-il pour votre service ?

– Je suis l'homme que vous recherchez pour l'affaire du Bristol. J'ai quitté Mlle Charron au petit matin vers sept heures et demie et à cette heure là je puis vous assurer qu'elle était bien vivante. Je ne suis en aucun cas responsable de ce qui s'est passé après mon départ de l'hôtel.

– Où êtes-vous, je vais envoyer une voiture vous chercher.

– Je suis dans mon bureau, à l'Élysée. Mais je doute fort que l'on vous laisse entrer et je ne pense pas que le magistrat instructeur vous donne une autorisation de perquisitionner. Il s'agit d'une affaire privée et afin de conserver, au moins un moment, un semblant de discrétion je vous propose de venir chez moi. Nous sommes presque voisins, j'habite rue des Saints-Pères. Comme je suppose que vous allez immédiatement lancer une commission rogatoire pour perquisitionner mon domicile, vous serez sur place. Après, je ferai ce que vous voudrez. J'ai bien conscience, monsieur le commissaire, de la gravité de la situation et croyez bien que je ne ferai rien pour me soustraire à la justice. Je vous donne l'adresse exacte et le code d'entrée. J'habite au dernier étage. Je quitte l'Élysée et j'y vais directement.

Mercier aurait pu insister car cette demande était inhabituelle, voire incongrue, mais vu les relations politiques du monsieur, il décida d'accepter.

– Si je comprends bien, je n'ai pas vraiment le choix, dit-il avant de raccrocher.

À cet instant, Pignol entra dans le bureau sans frapper, l'air triomphant, une feuille de papier à la main.

– Vous allez être content, on a bien travaillé. Après croisement des listings, on n'a plus que deux noms mais aucun n'apparaît dans le carnet de Mlle Charron. Je vais de ce pas à l'Institut des langues orientales. Avant ce soir on aura notre garde à vue.

– Ne te fatigue plus, il s'appelle Jean Malesherbes.

– Sur ma liste j'ai un Jean Malesherbes de la Blache, demeurant à Paris. Rue des Saints-Pères, mais… c'est près de chez vous.

– Oui, c'est le directeur de la cellule antiterroriste de l'Élysée.

– Merde, fit Pignol étonné.

– Eh oui ! mon petit vieux.

– On va l'arrêter ?

– Probablement. Tu téléphones au juge pour la commission rogatoire, le permis de perquisition et tout le tintouin, tu prends une voiture, quelques hommes du labo, un photographe et tu me rejoins. Tu commences la perquisition et tu me laisses interroger ce monsieur à chaud avant sa garde à vue. Tu dis au juge que c'est un conseiller de l'Élysée, ça va le réveiller un peu. Il n'y a pas de raison que nous soyons les seuls emmerdés dans cette histoire. Note l'adresse et le code d'entrée. Tu donnes le nom au sommier, je veux un maximum de renseignements sur ce Jean Malesherbes en urgence. Tu mets toute la brigade sur le coup, priorité absolue. Je veux tout le monde sur le pont, c'est un dossier brûlant et il va falloir faire gaffe.

– Et les journalistes qui vous attendent depuis ce matin ?

– Je vais leur dire un mot en sortant, tu les vois, ils t'adorent, tu leur balances le nom de notre témoin. Avec un peu de chance, tu passeras à la télé ce soir. Fais attention, ce n'est pas encore un suspect, c'est juste un témoin. Ça mettra un peu de pression sur le juge qui va se prendre pour quelqu'un d'important et l'obliger à s'agiter un peu.

– On va le mettre en garde à vue, ce monsieur Jean Malesherbes ? dit Pignol étonné.

– Je ne vois pas comment on pourrait faire autrement. N'oublie pas que ce gars-là, cela fait plus d'une semaine qu'il sait qu'on le cherche et qu'il se cache. Sa garde à vue, il ne l'aura pas volée.

– Ça va nous gâcher la soirée…

– Justement, répondit Mercier presque guilleret.

– Et le divisionnaire, on lui dit quoi ?

– C'est lui qui a ordonné ce matin de nous magner le train pour retrouver ce suspect, eh bien tu vas lui dire que c'est fait, tu lui donnes son nom et sa qualité, et tu lui demandes si on le ramène ici pour le mettre en garde à vue. Tu verras bien la tronche qu'il fait.

– Vous ne voudriez pas le faire vous-même…

– Écoute, Pignol, pour une fois que je te confie une mission importante…

Pignol ne commentait plus, il était K.O. debout, il ne demandait même pas comment le commissaire s'y était pris pour obtenir ce résultat inespéré. Il ne cherchait plus à comprendre, il obéissait, le petit doigt sur la couture du pantalon, un point c'est tout.

C'est l'avantage des esprits simples de ne pas poser de questions devant les phénomènes qui les dépassent, lorsque la foi du charbonnier a l'adhésion convaincante de la glu.

Mercier met le feu

Mercier sortit par la grande porte cochère en chêne clair du 36 et donna ostensiblement une vigoureuse poignée de main au planton. Avec le sourire narquois de l'adolescent qui fait une farce à son maître d'école, il annonça aux journalistes amassés devant l'entrée que l'homme recherché pour le crime du Bristol était enfin identifié, qu'il s'agissait d'un personnage très important travaillant à l'Élysée comme conseiller personnel du président de la République, et il leur suggéra de contacter au plus vite l'inspecteur Pignol qui leur fournirait de plus amples renseignements. Comme les moutons de Panurge et dans une pagaille indescriptible, tous délaissèrent le commissaire pour s'engouffrer sous le porche de l'entrée principale sous l'œil médusé du planton, laissant Mercier s'éloigner tranquillement en sifflotant vers le quai des Grands-Augustins, conscient qu'il venait de mettre le feu à cette affaire.

Il était hilare du bon coup qu'il venait de réaliser. Tout d'abord vis-à-vis de Pignol qui avait été radicalement bluffé par sa logique déductive qui tenait du miracle, du divisionnaire qui allait vivre un après-midi d'enfer, assailli par une multitude de coups de téléphone plus officiels les uns que les autres, et enfin du juge Marchand qui allait attendre le retour de Mercier en serrant les fesses, tiraillé entre le désir d'assouvir son pouvoir, une fois n'est pas coutume, sur quelqu'un d'important, et le risque du ridicule, s'il commettait la moindre bévue.

Tels des chiens affamés, les journalistes n'allaient plus lâcher l'os que Mercier venait de leur donner en pâture. Bien peu de crimes ont les honneurs de la première page des journaux pour la plus grande sérénité de la police qui peut ainsi travailler efficacement. Toutefois, certains assassinats passionnent la presse, soit parce qu'une caractéristique insolite sexuelle ou scandaleuse va intriguer le lecteur ou faire frissonner les bourgeoises, soit à cause de la renommée de la victime ou lorsque l'actualité est si pauvre en sensationnel qu'il faut bien faire du remplissage.

Dans cette course à l'ébouriffant, le serial killer et le meurtre d'une personnalité du show-biz sont au coude à coude. Cette situation est toujours redoutée au Quai des Orfèvres car elle complique le déroulement de l'enquête et chamboule les rapports humains. L'inspecteur de base s'imagine en Sherlock Holmes et prend des airs de diva dès qu'il rencontre un journaliste ; le commissaire est coincé entre le marteau du divisionnaire qui veut un résultat, et l'enclume du juge qui tremble à l'idée d'une irrégularité de procédure ou, pis, d'une erreur judiciaire ; le divisionnaire est lui assailli par le juge qui le submerge d'avertissements. Le directeur de la Police judiciaire joue quant à lui au billard à trois bandes pour éviter les frictions entre le monde politique qui se mêle de tout et le monde judiciaire qui pousse des cris de vierge effarouchée à la moindre interférence. Pauvre Martine…

À son début, l'affaire du Bristol n'entrait pas dans ce cadre mais maintenant qu'un conseiller de l'Élysée faisait irruption dans la danse comme un chien dans un jeu de quilles, la presse allait s'en donner à cœur joie et la curée ne manquerait pas de se déchaîner. Vu le foin médiatique qu'avait fait l'histoire rocambolesque de ce pauvre conseiller ministériel qui s'était fait pincer avec une prostituée mineure dans sa voiture, Mercier imaginait sournoisement le pire.

Pour commencer, il éteignit son portable car il était sûr que le juge et le divisionnaire n'allaient pas tarder à essayer de le joindre. Les obliger à connaître les avancées de l'enquête par l'intermédiaire de Pignol était un raffinement subtil, presque machiavélique, qui lui procurait une grande satisfaction. C'est alors qu'il réalisa qu'il n'avait pas pris de menottes, accessoire indispensable pour une mise en garde à vue. Il hésita à rebrousser chemin mais renonça. L'enquête était atypique et la procédure allait devoir s'adapter.

Pour gagner la rue des Saints-Pères, le commissaire avait décidé de prendre un bus jusqu'au quai Malaquais. Il fallait qu'il se calme pour garder toute son objectivité et ne pas se laisser emporter par le côté passionnel de cette enquête. De prime abord, ce Jean Malesherbes ne lui était pas très sympathique et c'est pour cela qu'il venait de se venger en demandant à Pignol de balancer son nom à la presse. Il avait donc besoin d'un petit temps pour remettre ses idées en ordre avant afin de pouvoir comprendre sans juger : son credo, le secret de son efficacité.

Un conseiller de l'Élysée qui avait des relations avec une prostituée, ce n'était pas une première. Mais là, il y avait eu crime, délit de fuite et un petit jeu de cache-cache qui durait depuis plus d'une semaine. Cette situation hors normes irritait Mercier. Surtout, cette garde à vue allait sans doute lui bousiller son réveillon du jeudi, et sa femme ne manquerait pas de le lui reprocher.

Pour le reste, le commissaire aurait préféré aboutir seul dans cette recherche et le fait d'avoir reçu l'information par téléphone, de la bouche même du suspect, l'avait quelque peu frustré. Comme un chasseur qui, sans même avoir tiré un coup de feu, trouverait un faisan dans sa gibecière placé par quelque mauvais lutin, il avait la désagréable impression d'avoir été manipulé par plus fort que lui. Jean Malesherbes connaissait son nom, son adresse, le numéro de sa ligne téléphonique directe au Quai et, depuis huit jours, il avait eu tout loisir de faire disparaître les preuves. Il avait toujours eu une longueur d'avance sur Mercier et avait sûrement déjà préparé une défense en béton avec un avocat de renom. Vu sa position et, utilisant à des fins personnelles le sacro-saint secret défense, il avait probablement fait disparaître de chez lui ordinateur et téléphone portable. Les dés semblaient pipés mais le cours inattendu que prenait cette affaire commençait à intéresser Mercier. En bon marin, la navigation policière par gros temps ne lui faisait pas peur. La perquisition ne donnerait rien mais il fallait respecter la procédure et, avec ou sans menottes, il était curieux de connaître un peu mieux ce surprenant voisin.

Cette pantalonnade d'un deuxième homme au Bristol était en parfaite contradiction avec les propos des témoins qui tous affirmaient que nul n'était monté au sixième étage des suites après sept heures et demie ce matin-là.

Ce petit interlude entre le quai des Orfèvres et la rue des Saints-Pères fut comme une bouffée d'oxygène et il regrettait presque de n'avoir pas fait le trajet à pied.

L'immeuble du conseiller n'était qu'à quelques encablures du sien. Ils avaient donc pu se croiser dans le quartier et leurs épouses devaient faire les courses chez les mêmes commerçants depuis peut-être des années. Cette proximité et cette confusion des genres lui étaient désagréables ; Mercier ne mélangeait jamais ses dossiers avec sa vie privée. Là, ce Jean Malesherbes avait franchi la ligne jaune, il avait outrepassé les lois élémentaires de la bienséance, et Mercier allait lui faire payer cette outrecuidance au centuple en le ramenant à la criminelle en panier à salade comme un vulgaire assassin. Et tant pis si la grande chef lui en faisait grief. Il y avait tant de complicité discrète entre ces deux flics d'exception que Mercier savait déjà qu'elle lui pardonnerait.

Avant d'entrer dans l'immeuble, il jeta un regard furtif vers la boutique de fleurs toute proche, illuminée par une multitude de guirlandes, et dont la devanture était couverte de plantes et de sapins de toutes tailles. Il se promit d'y faire un tour dans la soirée pour peu que la suite des événements lui en laisse le temps.

Un suspect encombrant

Il sonna à la porte du conseiller, on ouvrit immédiatement. Une femme fit entrer le commissaire. Elle devait avoir trente ans, brune, des cheveux mi-longs partagés par une raie asymétrique qui lui donnaient un air de madone. C'était une Asiatique avec un teint mat, des yeux verts fortement plissés en amande et un petit nez rond surmontant une bouche généreuse. Un cou droit et élancé dessinait un port de tête volontaire mais délicat comme en ont souvent les pharaons égyptiens. Elle était vêtue d'une petite robe d'intérieur noire très courte qui, malgré un caractère strict, laissait deviner des formes harmonieuses. Ses fines jambes nues surmontaient de hauts talons dorés.

Il flottait dans la pièce un léger parfum, un mélange subtil de rose et d'encens. L'appartement était d'un luxe insensé et s'ouvrait sur un grand couloir décoré de sculptures antiques et de bouddhas de grande valeur, comme on en voit parfois chez les antiquaires chics spécialisés, très nombreux dans ce quartier de Paris. Aucun luminaire n'était visible, des faux plafonds distillaient une lumière oblique, par endroits un clair-obscur tamisé, ailleurs un éclairage plus intense pour souligner le relief et l'expression d'une statue. Du premier regard, on comprenait que ces objets de pierre, magnificences ancestrales, étaient des reliques anciennes ayant appartenu à des temples orientaux sacrés.

On sentait dans la configuration des pièces, dont beaucoup communiquaient sans séparation apparente, le choix de la patine des murs, la répartition harmonieuse des volumes, le style des pierres dures, la sélection des objets de décoration, un professionnalisme raffiné et exigeant que seuls possèdent certains artistes d'Asie. Tout n'était qu'équilibre entre ombre, lumière, couleur, noir et blanc. Dans un recoin de la pièce trônait une série d'imposants bonsaïs dont les formes tourmentées contrastaient avec le style plus épuré des sculptures. Sur la droite, après une antichambre dont la porte était ouverte, on apercevait un atelier d'artiste avec un chevalet en son centre et une multitude de toiles accrochées aux murs. Le salon était tapissé de mosaïques, les meubles étaient chinois avec d'immenses potiches en porcelaine, finement sculptées et colorées. Au fond, trônait une cheminée en marbre.

Une nymphe évanescente au regard de sphinx introduisait un flic de la Brigade criminelle dans un palais digne des mille et une nuits et ce contraste ressemblait à une incongruité.

– Mon mari vient de rentrer, il vous attend dans son bureau. Si vous voulez bien vous donner la peine d'entrer.

Mercier était abasourdi. Il avait l'impression d'être dans un rêve. Tous ses sens étaient paralysés, sa vue sidérée par la beauté très digne du visage, la finesse des traits et la pureté de la silhouette en harmonie avec les statues du décor. La discrète odeur d'encens donnait un caractère presque religieux à cet appartement orné de lapis-lazuli et d'albâtre. La voix était claire et posée avec une suavité presque musicale. Tout semblait magique, à des années-lumière d'une sordide affaire criminelle. On était dans un musée, un temple dédié aux arts et bien loin d'un crime de call-girl. L'espace d'un instant, le flic eut peur d'avoir un de ses malaises qui lui gâchaient l'existence. Une paire de menottes aurait été franchement déplacée.

Comme dans un mirage, la créature mystérieuse qui lui avait ouvert virevolta, frôla le commissaire dans un tourbillon de soie noire parfumée et disparut.

Comment ce Jean Malesherbes qu'il ne connaissait pas encore mais qu'il apercevait déjà par la porte ouverte de son bureau pouvait-il avoir préféré une Marie-Caroline à cet enchantement aux allures de déesse égyptienne ? Mercier continuait à ne rien comprendre à cette affaire mais il avait le sentiment que la réponse à cette question serait la clef de l'énigme. Pour la première fois depuis une semaine, il tenait le bout du fil d'Ariane. Il lui fallait maintenant s'engouffrer dans ce labyrinthe et tant pis s'il était tortueux. Une partie d'échecs avec comme enjeu la prison à perpétuité pour un quidam assassin allait commencer.

– Entrez, monsieur le commissaire…

L'homme était debout, se dandinant d'un pied sur l'autre, hésitant à tendre la main pour dire bonjour à Mercier qui pour sa part ne savait pas s'il devait la serrer. Les deux hommes étaient mal à l'aise, aucun ne se sentant à sa place. Malesherbes était chez lui, dans son élément, mais la situation le mettait en position d'infériorité. Le flic était au contraire en position de force, mais pas sur son terrain.

L'homme était grand, l'allure sportive, la quarantaine bien conservée, le port de tête altier. Son regard était enfoui sous d'épais sourcils broussailleux donnant au marron de ses yeux un ton chaleureux et velouté. Une grosse ride entre nez et menton lui typait le visage. Il avait retiré sa veste et Mercier remarqua les initiales brodées sur sa chemise. Le bureau était d'époque, les murs tapissés de soies iraniennes, dans une vitrine, une collection de bijoux orientaux en or et pierres précieuses semblables à ceux que Mercier avait vus au palais Topkapi à Istanbul, il y avait déjà quelques années.

– Asseyez-vous…

Jean Malesherbes, qui n'osait pas prendre place à son bureau, s'installa dans un des fauteuils situé à côté de Mercier. D'une voix claire, calme et posée, il commença.

– C'est moi qui ai passé la nuit avec Marie-Caroline Charron le jour du drame.

– Et vous ne l'avez pas tuée ?

– Non, je l'ai quittée au petit matin.

– Et vous êtes allé directement à votre bureau ?

– Oui, à l'Élysée.

– Dans quelques minutes, mon adjoint va arriver avec un permis de perquisition en bonne et due forme, il serait souhaitable que les téléphones portables et les ordinateurs de la maison ne soient plus utilisés.

– Écoutez, reprit Jean Malesherbes, je ne voudrais pas vous contrarier mais compte tenu de ma position de responsable de la cellule antiterroriste de la Présidence, mes ordinateurs ont été classés secret défense et transférés hier en lieu sûr. Je doute fort que vous puissiez y avoir accès avant un certain temps. Celui de ma femme est à votre disposition.

– Et votre portable ?

– C'est un instrument interdit dans ma profession, trop indiscret et donc dangereux. Je n'en possède pas.

Mercier resta de marbre, l'homme était malin mais tout se passait comme prévu.

– Et bien sûr vous avez déjà consulté votre avocat.

– Oui, dit-il en citant le nom d'une figure emblématique du barreau de Paris. Il m'a averti que je ne pourrai pas échapper à une garde à vue et il me conseille vivement de garder le silence pendant toute cette période.

– Et c'est ce que vous allez faire ?

– Non, au contraire, et même si ce n'est pas mon intérêt. Marie-Caroline était une amie et je désire ardemment que le responsable de ce forfait soit arrêté. À partir de maintenant, et ayant réglé mes affaires officielles avec la Présidence, je ne souhaite que collaborer avec la police.

Mercier décida de mettre d'emblée la pression.

– Lorsque vous dites que Marie-Caroline était une amie, vous voulez dire une maîtresse ?

– Oui.

– Rémunérée ?

– Oui, répondit-il après un instant d'hésitation, étonné par la brutalité soudaine de la question.

– Peut-être pourriez-vous commencer par le début et me raconter tout ce que vous savez de Mlle Charron.

– C'est très simple. Je suis chargé de cours à l'Institut des langues orientales depuis plusieurs années, comme mon épouse d'ailleurs. C'est une couverture bien utile dans mon métier. J'y ai rencontré Marie-Caroline, il y a environ cinq ans, comme étudiante. À l'époque, elle était danseuse au Crazy Horse. Elle faisait des études littéraires pour se meubler la tête, disait-elle, et ne pas mourir idiote. Vous savez, ce n'était pas du tout une fille superficielle, elle avait une grande culture et lisait beaucoup. Nous avons sympathisé.

– Et elle est devenue votre maîtresse.

– Pas tout de suite, cela s'est fait après son départ du Crazy Horse où elle avait une relation avec un éclairagiste.

Mercier ponctuait ses questions de hochements de tête, tout en examinant la pièce d'un regard circulaire. Il occupait ainsi son suspect pendant la perquisition de Pignol. Son esprit était affûté car l'expérience lui avait appris que c'est toujours au début d'un interrogatoire que l'on recueille les meilleures pistes, celles qui vous mènent sur le chemin de la compréhension, en route vers la vérité. Ensuite, rodé, le témoin apprend à mentir, prend de l'assurance, et délivre sa version des faits avec un aplomb désespérant.

– Et vous vous rencontriez au Bristol ?

– Oui, pour moi, c'était très pratique. Je venais à pied et repartais de même. Mon bureau est à quelques mètres.

– Saviez-vous que vous n'aviez pas l'exclusivité, si j'ose m'exprimer ainsi, des nuits de Mlle Charron ?

– Oui, je le savais.

– Elle vous racontait ?

– Oui, c'est exactement cela, elle me racontait, répondit le conseiller en soupirant.

– Une prostituée, en quelque sorte.

– Je n'aime pas ce mot, courtisane me conviendrait mieux.

– Vous faites une différence de nature et de pratique ?

– Je fais une différence de vocabulaire.

– Et votre femme était au courant ?

– Non, je ne pense pas.

Il fallait maintenant connaître la version des faits selon Jean Malesherbes.

– Et puisque, d'après vous, quelqu'un serait entré après votre départ dans la chambre du Bristol pour tuer votre maîtresse, vous avez sûrement une petite idée de son identité ?

– Oui, pour moi, c'est assez clair, je pense qu'en tuant Marie-Caroline, c'est moi que l'on voulait détruire. Mon poste de conseiller personnel du Président sur les questions de terrorisme gêne beaucoup de monde. Vous savez que, depuis plusieurs mois, une taupe est cachée dans nos services. J'étais sur le point de la démasquer. Une menace importante d'attentat plane actuellement, nous avons des renseignements concordants de plus en plus nombreux à ce sujet. En m'exposant ainsi, je deviens inefficace, je suis grillé, comme on dit dans notre jargon. Dans le microcosme des agents secrets, je n'existe plus.

– Et pourquoi donc ?

– Notre univers, c'est l'ombre, et notre force repose sur la discrétion et le caractère occulte de nos actions. Le président m'a demandé de démissionner, il a nommé quelqu'un d'autre à ma place. Ma couverture de chargé de cours à l'Institut des langues orientales est ma seule et unique occupation depuis trois jours. Je suis une sorte de retraité.

– Mais la continuité du service est donc assurée, enchaîna Mercier presque ironique.

– Sur le papier seulement, vous savez bien comment cela se passe. J'avais tissé un réseau d'indicateurs et de relations. Cette toile d'araignée est fondamentale dans le renseignement, et ce n'est pas à vous que je vais apprendre à quel point elle est fragile car elle repose sur des rapports de confiance et des relations directes.

Si cette aventure vous arrivait, est-ce que vos indicateurs viendraient *ipso facto* et sans réticence se confier à votre remplaçant ? Non, c'est une évidence. Demain, je vous fais confiance, ma photographie sera à la une de tous les journaux. Ma carrière d'espion est bel et bien finie et le service que je quitte sera bancal pendant plusieurs années. C'est la taupe qui doit bien rigoler. En matière de manipulation et d'efficacité pour créer une diversion, c'est du grand art, du travail de professionnel, pas du bricolage d'amateur. Chapeau !

– Vous pensez donc que ce crime est l'œuvre d'un agent secret qui, à travers Mlle Charron, ne pensait qu'à vous nuire ?

– Oui, mais je ne crois pas à une action isolée, ce n'est que le premier acte d'une pièce plus longue dont je ne connais pas la fin. Mais je la devine.

– Un attentat en préparation ?

– Possible, c'est presque le même scénario qu'à Strasbourg. Mais là, ils sont plus malins, ils ont mis un observateur dans nos services et font diversion. Ils ont ainsi un coup d'avance et donc une plus grande chance de réussir cette fois-ci. Ils ont compris les causes de leur échec à Strasbourg et ne recommenceront pas deux fois les mêmes erreurs. Pour moi, c'est flagrant mais je pense qu'il vous faudra quelques jours pour accepter cette évidence. J'espère simplement que ce ne sera pas trop tard.

– Et auriez-vous une once de preuves pour me convaincre de cette fable pour le moins alambiquée ?

– Non, cette fable comme vous dites, méfiez-vous qu'elle ne devienne une tragédie. Dans nos métiers, on finit par avoir des intuitions si fortes qu'elles remplacent parfois les certitudes qui nous font défaut. Dans le métier d'espion, on agit presque toujours avant les preuves. On appelle cela anticiper…

Mercier écoutait, attentif au discours de l'agent secret. Ce Jean Malesherbes était d'une grande habileté et il avait réponse à tout. En faisant une analogie insidieuse entre ses activités à l'Élysée et la routine de Mercier, il cherchait manifestement à mettre le commissaire de son côté. Un collègue en quelque sorte, deux fonctionnaires blanchis sous les mêmes harnais, au service de la même administration, avec les mêmes techniques et, comme les loups qui chassent en meute, ils se devaient un maximum de solidarité dans leur poursuite commune contre le crime pour la protection et la sécurité de l'État. Mais là, la ficelle était un peu grosse et cette histoire de mauvais polar version espionnage international ne collait pas. Sans pouvoir l'affirmer, Mercier sentait que l'ex-conseiller du président ne disait pas tout ou mentait. Les deux hommes étaient face à face et leurs regards étaient intenses, celui de Mercier attentif comme celui du pêcheur qui a vu une proie tourner autour de sa ligne, celui du conseiller direct et clair comme celui d'un innocent. Le bras de fer entre les deux hommes était maintenant engagé et le petit couplet sur la bêtise de la police, il l'avait déjà entendu dans l'après-midi avec les récriminations de Mme Charron, et cela commençait à bien faire.

Jean Malesherbes était devenu plus volubile sur les activités de son service, qui bien sûr étaient officiellement centrées sur le terrorisme mais qui en pratique étaient aussi le département des renseignements privés du président avec, devinait Mercier sans que son interlocuteur ne l'avoue, quelques écoutes téléphoniques illicites.

– En somme, lança Mercier, vous étiez les oreilles du président.

– Oui, l'action antiterroriste est réelle, mais le service a une face cachée plus discrète.

– Vous voulez dire plus indiscrète ?

– Oui, je renseigne l'Élysée sur les potins de la vie parisienne. Tous les chefs d'État ont ce genre de cellule. Ce n'est pas une originalité française. Un président bien informé des histoires personnelles impose le respect et la fidélité de ses interlocuteurs. Une insinuation bien placée et c'est le calme assuré dans un parti politique. D'autre part, lorsque le président va à un dîner en ville, il est de bon ton qu'il paraisse au courant des petits secrets qui amusent la bourgeoisie et font les délices des salons de la capitale. Plusieurs fois par semaine, il me convoquait dans son bureau pour connaître quelques indiscrétions concernant ses prochains hôtes ou convives. Je lui faisais des fiches blanches.

– Des fiches blanches ?

– Oui, c'est comme cela, dans notre jargon, que l'on appelle ces petites notes indiscrètes. On les dit blanches car elles n'ont pas d'en-tête. Ce sont de simples bouts de papiers anonymes.

– Et que vous confectionnez pour le président ?

– Oui, il les prend sans les regarder et les met dans sa poche avec un petit merci pour signifier que l'entretien est terminé. On peut même dire que, dans son boulot assez rébarbatif, ces à côtés apparemment dérisoires donnent un peu de piquant à la monotonie guindée de l'étiquette. Une espèce de dérivatif pour chef d'État. Mitterrand en son temps en a abusé, ce qui a valu un procès à mon prédécesseur. Le niveau a un peu baissé, on essaye de rester dans les limites de la légalité mais la finalité est la même.

– Parce que, en plus, ils aiment ça ?

– Oui, on peut même dire qu'ils en redemandent, et plus c'est croustillant, plus c'est apprécié. Mais bien sûr, ce que je vous dis là, c'est *off*, cela doit rester entre nous, il est hors de question que je mette ces révélations dans un quelconque rapport.

Une fois de plus, Jean Malesherbes, en mettant Mercier dans la confidence, recherchait une sorte de complicité passive.

– Vous communiquiez comment avec Mlle Charron ?

– De la façon la plus simple et la plus classique. Règle numéro un, ne pas utiliser son téléphone portable. Nous communiquions par Internet. Vous sortez de chez vous et vous allez chez quelqu'un qui a un ordinateur ou dans un cybercafé, ce qui est encore plus discret. Vous convenez d'un site usuel comme celui d'une action en Bourse ou n'importe quoi d'autre à la condition que le site ait un forum de discussion. Vous laissez un message avec une signature légèrement codée pour être sûr d'être identifié.

Joignant le geste à la parole, il prit une feuille de papier sur le bureau et écrivit en grosse capitales :

007, RV L 21LH

– Je déchiffre : 007 pour m'identifier, RV pour rendez-vous, L pour lundi et 21LH pour 21 heures au lieu habituel. Il suffit de commencer ou de finir avec une phrase anodine en rapport avec le site pour ne pas se faire remarquer. On peut changer de site et de code d'identification à sa guise et le tour est joué. De n'importe où dans le monde, vous communiquez avec n'importe qui discrètement et à moindre coût.

– C'est comme cela que vous opérez dans la pratique de tous les jours ?

– Oui, entre autres.

– Et pour en revenir à Mlle Charron, c'est vous qui avez arrangé un dîner où votre maîtresse a été placée à côté de votre employeur ?

– Mon employeur ?

– Oui, le président de la République, et à son plus grand plaisir, à ce que l'on m'a raconté.

– Qui vous l'a dit ?

– Nous aussi, on a nos sources. Pendant les dix jours où vous avez joué à cache-cache avec la police, nous avons interrogé quelques personnes à votre sujet et glané quelques pistes ici ou là. Pour parler clairement, Marie-Caroline Charron était une sorte d'indicateur.

– C'était même l'une de mes sources principales. Sans elle, mon successeur va être bien sec sur beaucoup de personnes. Marie-Caroline n'avait pas son pareil pour recueillir des confidences. Je crois que cela l'amusait beaucoup.

– Et de coucher avec des députés ventripotents ou des sénateurs rhumatisants qui ont l'âge d'être son père, est-ce que vous pensez un instant que cela l'amusait beaucoup et que je vais croire plus longtemps vos balivernes cousues de fil blanc ? Vous vous foutez du monde, monsieur le conseiller. La police ne comprend rien, bien sûr, mais là, vous poussez le bouchon un peu loin.

Mercier avait exprès haussé le ton pour bousculer un peu son interlocuteur et le pousser à la faute. Le discours était trop clair, le suspect trop calme, il connaissait les réponses avant même que Mercier ne formule les questions, il savait ce qui allait se passer dans les moindres détails et son avenir à court terme le laissait serein. La menace d'une garde à vue, voire d'une incarcération, ne semblait pas de nature à l'effrayer, il était déjà prêt.

Pour le commissaire, l'objectif de cet interrogatoire était la quête d'un premier mensonge, même minuscule, presque anodin, portant sur un point de détail ou un sujet collatéral sans rapport direct avec l'enquête. Ce premier mensonge serait son point de départ, le premier petit caillou qui, comme dans la fable du petit Poucet, le mènerait jusqu'au grand déballage, sans même que le suspect se soit rendu compte de la nasse dans laquelle il s'était lui-même enfermé.

Pour obtenir ce premier mensonge, ce dépucelage verbal, il faut poser quelques pièges, poser des questions apparemment banales qui ont, selon leurs réponses, des suites qui le sont moins. Pour cela, Mercier déconnectait les questions de toute appréciation d'ordre moral car ce sont souvent les préjugés des témoins qui conditionnent et masquent leurs réponses.

En rappelant sans ménagement le caractère vénal, sexuel et répété des relations de Marie-Caroline Charron, en soulignant le fait qu'elle le trompait ainsi sans vergogne, il espérait faire mouche. Si Jean Malesherbes avait ne serait-ce qu'une once de sentiment pour cette Marie-Caroline, il devait réagir à ces accusations violentes et déshonorantes. Effectivement le visage jusque-là si calme de Malesherbes se crispa.

– Pensez ce que vous voulez, monsieur le commissaire. Marie-Caroline avait besoin d'argent. Elle a toujours vécu dans le luxe, la mode, la haute couture, et la dépense facile. Tout le monde vous le dira, vous n'aurez qu'à poser la question à sa mère. Et puis, elle collectionnait les livres anciens qui coûtent des sommes folles. Alors, à partir de ce besoin, elle avait construit un jeu pervers qui lui servait d'excuse morale en quelque sorte, combiner la vente de son corps avec une petite escroquerie intellectuelle sous la forme d'un renseignement qu'elle allait ensuite me vendre et que j'allais exploiter. Elle prenait et donnait du plaisir de cette façon : elle était payée deux fois pour la même chose. Elle disait qu'elle avait ainsi le beurre et l'argent du beurre mais peut-être ne pouvez-vous pas comprendre.

Et en plus, ce Jean Malesherbes avait de l'humour et prenait ouvertement Mercier pour un fruste. C'était le monde à l'envers et le commissaire faillit être désarçonné. Sa réponse se fit sur un ton administratif, neutre à souhait afin de ne pas tomber dans le piège de la colère que lui tendait son interlocuteur.

– Je comprends très bien au contraire, et afin d'être très explicite, dites-moi donc qui payait vos entrevues avec Mlle Charron au Bristol ?

– Il n'y a aucun problème à ce sujet, je payais les renseignements sur les subsides donnés par l'Élysée.

– Le reste était gratuit ?

– Votre langage est assez discourtois pour ne pas dire grossier mais il est exact. Le reste, comme vous dites, était une affaire privée sur la base du consentement mutuel, pour employer un vocabulaire qui ne sombre pas dans le vulgaire ou le grivois. Si vous voulez que je me taise comme me l'a conseillé mon avocat, vous n'avez qu'à continuer sur ce ton, c'est à vous de choisir.

Loin d'être gêné pas les questions insidieuses de Mercier, l'homme venait de renverser la situation à son profit, en insinuant, comble d'infamie, que l'esprit primaire d'un flic de la Brigade criminelle était à des années-lumière de pouvoir comprendre ce genre de sentiments. C'était un coup pour rien, il fallait revenir à la routine et attendre une autre occasion.

À cet instant, on frappa doucement à la porte et, devant l'absence de réponse, on ouvrit. La femme de Jean Malesherbes, belle comme une fleur printanière, entra avec un plateau d'argent dans les mains.

– Je ne sais pas si c'est bien convenable de vous déranger ainsi en pleine conversation mais j'ai pensé que vous aviez peut-être soif et je vous ai préparé un peu de thé.

Mercier était décontenancé. Certes, il avait soif mais il aurait préféré une bière. C'était bien la première fois qu'on lui offrait le thé au cours d'une interpellation. Manifestement gêné, Jean Malesherbes restait coi et le commissaire se sentit obligé de prendre la parole.

– Merci, madame, mes collègues sont-ils arrivés ?

– Oui, cela fait presque une heure, ils visitent l'appartement, prennent des photographies et fouillent toutes les pièces minutieusement. Ils ont pris mon ordinateur, confisqué mon téléphone portable et actuellement, ils vident les tiroirs et les armoires. Ils ont même décroché certaines de mes peintures. S'ils me disaient ce qu'ils veulent, je pourrais peut-être les aider mais ils ne semblent pas chercher quelque chose de bien précis. C'est une perquisition, m'ont-ils dit. Et puis, il y a un gros monsieur qui fait les cent pas dans le couloir comme un ours en cage, sursaute dès qu'il reçoit un coup de téléphone et grogne sur ses subordonnés à tout bout de champ. Il semble vous attendre mais n'ose pas frapper à cette porte…

La scène était hallucinante, on était en pleine perquisition officielle chez le principal suspect d'un crime, une multitude de flics furetaient dans tout l'appartement, posaient des questions, confisquaient des objets qu'ils mettaient sous scellés et la propre femme de l'intéressé, calme et tranquille comme le Sphinx, faisait une prestation digne d'une visite de courtoisie. Le commissaire reprit.

– Merci, madame, veillez à ce que l'on ne nous dérange plus.

– Bien, dit-elle en disparaissant.

Après cet interlude, il fallait reprendre ce dialogue qui avait mal débuté. Le mieux était de goûter à ce thé mais Mercier n'aimait pas le thé. Résigné, il se força.

– Et avant Marie-Caroline ?

– Quoi ? répondit Jean Malesherbes soudainement décontenancé.

– Je veux dire avant, il y a eu de nombreuses Marie-Caroline.

– Ah ! je comprends. Non, avant Marie-Caroline, il n'y avait que ma femme.

– Et avant ?

– Avant, je n'étais pas en France, j'étais attaché d'ambassade à Téhéran. C'est là que j'ai rencontré Philae.

– Philae ? fit Mercier étonné.

– Effectivement, ce prénom évoque plus l'Égypte que l'Iran, mais mon épouse est de mère égyptienne et de père iranien. Lors de sa naturalisation française, elle a choisi ce prénom qui est celui d'un temple de la haute Égypte. Vous voulez des détails ?

– Oui.

Lentement, d'une manière précise et chronologique, Jean Malesherbes lui raconta sa vie. Son enfance de huit à quinze ans à l'ambassade de France à Téhéran où son père était en poste, les lieux où il grandit, où il apprit la langue, la multitude d'amis qu'il se fit parmi les élèves de son école. Il s'habillait comme ses copains, se baladait librement dans la ville, était accepté partout et entrait dans les familles. Sans même le savoir, il semait des graines qui allaient lui servir plus tard. Puis, il fallut faire des études avec un retour obligé en France. Sciences politiques, l'École nationale d'administration, un service militaire dans les parachutistes et, son père le trouvant un peu turbulent, une entrée discrète dans les services secrets grâce à ses relations politiques. Sa réapparition à Téhéran se fit plus tard, naturellement, comme un retour aux sources, avec le titre d'attaché d'ambassade. Il y était en réalité agent de renseignements. Ses anciens camarades avaient désormais des responsabilités dans les milieux des affaires, de la politique ou de l'administration. Autant de clefs utiles pour une observation pointue et il su renouer avec eux la confiance propre aux amis d'enfance. Le résultat dépassa bientôt ses espérances et, très vite, il devint la cheville ouvrière de l'espionnage français en Iran. Les projets militaires, les complots politiques, les développements industriels, les marchés financiers, les tractations douteuses, Jean Malesherbes était au courant de tout et informait sa hiérarchie avec une efficacité surprenante.

À l'époque, la mère de Philae, devenue veuve lors du conflit contre l'Irak, était traductrice à l'ambassade de Téhéran. Très vite, elle fut recrutée comme espionne auxiliaire. C'est ainsi que Jean Malesherbes fit la connaissance de sa fille dont il tomba amoureux.

– Vous aviez quel âge ? demanda Mercier

Le visage de Jean Malesherbes se figea et dans ses yeux passa soudain un éclat de frayeur. Mercier sut qu'il avait visé juste, il venait de trouver son talon d'Achille.

– J'avais tout juste vingt-cinq ans, répondit le haut fonctionnaire d'une voix mal assurée.

– Et votre épouse ?
– Elle a dix années de moins que moi.
– Elle avait donc quinze ans ?
– Oui, nos relations étaient à l'époque purement amicales.
Et puis-je vous demander quand elles ont changé.
Des gouttelettes de sueur perlaient sur le front de son suspect.
– Un an plus tard environ.
– Et vous vous êtes marié rapidement, je suppose ?
– Non, notre mariage remonte à seulement huit ans.
– En France ?
– Oui, elle a demandé et obtenu sa naturalisation française.
– Sous quel prétexte ?
– Réfugiée politique. Elle est opposante au régime des ayatollahs.

À ce moment, Pignol ouvrit la porte sans frapper et s'adressa directement à Mercier.

– Vous pouvez venir ?

Mercier faillit aboyer, furieux d'être ainsi dérangé à un moment crucial. Il se leva dans un grognement et sortit.

– C'est le divisionnaire… Le juge le harcèle… Il est au téléphone… Le Quai veut des renseignements et ne se contente plus de mes informations. Ils sont sur les dents et veulent savoir où vous en êtes…

– Eh bien, passe-le-moi.

– Allô.

– C'est vous, Mercier ?

– Oui.

– Qu'est-ce que vous foutez, mon vieux, je cherche à vous joindre depuis au moins deux heures et votre téléphone portable est sur messagerie. Le juge piétine et veut vous parler. Vous en êtes où ?

– On termine la perquisition, on interroge Jean Malesherbes et sa femme. La routine.

– Mais vous savez qui c'est ?

– Oui.

– Faites attention où vous mettez les pieds, il a le soutien de l'Élysée, il a le rang de préfet. Il vous a dit quelque chose d'intéressant ?

– Il soutient l'hypothèse d'un autre homme qui aurait tué Mlle Charron après son départ du Bristol.

– Je vous ai envoyé une voiture, elle est en bas, rue des Saints-Pères, revenez dare-dare. Je vous attends, le juge Marchand est déjà dans mon bureau. Passez par la souricière, que les journalistes ne vous voient pas, ils sont déchaînés. L'information a filtré et maintenant, rien ne pourra les arrêter.

– J'amène Jean Malesherbes ?

– Non, pas encore, il reste chez lui pour l'instant sous bonne garde. Il ne doit plus parler à sa femme, vous l'isolez. Pignol les cuisine un peu, lui et son épouse, et vous, vous rappliquez au trot.

L'enquête tout à coup s'accélérait. Mercier transmit les consignes.

– Je retourne au Quai voir le juge Marchand et le divisionnaire, je fais juste un aller et retour, tu me gardes tout ce petit monde au chaud.

– Même Mme Malesherbes ? répondit Pignol ahuri.

– Oui, bien sûr, elle au moins avait un beau mobile pour voir disparaître la maîtresse de son époux.

– Mais Mme Malesherbes n'est plus là, elle est sortie il y a environ une vingtaine de minutes.

– Et où est-elle ?

– Je n'en sais rien, on n'avait pas d'instruction particulière la concernant, c'est son mari qui est actuellement inquiété, elle…

– Mais écoute, Pignol, tu es abruti ou quoi…

À ce moment, on entendit une clef dans la serrure, la porte d'entrée s'ouvrit et Mme Malesherbes entra, un peu essoufflée, une baguette de pain à la main. Elle se rendit directement dans la cuisine en disant :

– Si certains de ces messieurs restent tard, je pourrai au moins leur faire quelques sandwichs.

– Eh bien, vous voyez, soupira Pignol, il ne fallait pas vous énerver.

– Bon, répliqua Mercier, maintenant, M. et Mme Malesherbes ne doivent plus communiquer et personne ne bouge sans mon autorisation.

– Et je peux leur poser quelques questions ? jubila Pignol, un sourire pervers aux lèvres.

– À ta guise, répondit le commissaire, on va se les coltiner pendant quarante-huit heures alors autant commencer tout de suite.

À cet instant, un brigadier sortit d'une pièce avec des objets sélectionnés pour rechercher des empreintes digitales. Pignol voulait savoir si par hasard Mlle Charron n'était jamais venue dans l'appartement de la rue des Saints-Pères, ce qui changerait radicalement la perspective de l'enquête. C'était son idée.

– J'emmène une peinture ?

– Non, ce n'est pas la peine, répondit Pignol en jetant un regard interrogatif à Mercier.

– Pendant qu'on y est, emmène une toile, on fera le tri à la brigade.

Le commissaire avait envie de passer ses nerfs sur Pignol.

Philae

Le retour à la brigade et la discussion à trois se déroulèrent comme prévu. Nul ne voulait prendre seul la décision formelle d'une garde à vue, personne n'osait proposer une solution de rechange et chacun prônait la collégialité pour la marche à suivre. Une solidarité s'établissait progressivement entre le juge, le divisionnaire et Mercier, à la recherche d'un pacte oral, un mécanisme hypocrite classique éculé à l'extrême, spécifique des administrations, et bien utile pour diluer les responsabilités individuelles.

– Il n'y a pas de mobile très évident pour accuser ce Jean Malesherbes, susurrait perfidement le divisionnaire.

Et les deux autres reprenaient en cœur avec un maximum de détails les charges pesant sur le suspect.

– On pourrait utiliser la procédure légale du témoin assisté, ce qui éviterait l'humiliation d'une garde à vue plus contraignante, pérorait le juge, souhaitant en son for intérieur que ses deux complices réfutent cette solution bâtarde.

En toute objectivité, le trio regrettait presque le bon vieux temps où le ministère de l'Intérieur, ou même l'Élysée, aurait pris la décision à leur place. Mais là, c'était le silence radio. Même la chancellerie n'avait pas réagi et le préfet de police était aux abonnés absents.

Finalement, Mercier soulagea le groupe en leur annonçant que Jean Malesherbes s'attendait à une garde à vue pure et dure et avait déjà contacté son avocat qui l'avait conforté dans cette probabilité. C'était la solution la plus simple, la plus normale, celle qui aurait été appliquée sans état d'âme à n'importe quel quidam et celle qu'attendait la meute des journalistes qui faisaient les cent pas en bas dans le froid.

– Si maintenant c'est le suspect qui décide, ironisa le divisionnaire, il n'y a qu'à s'exécuter, on ne va quand même pas être plus royaliste que le roi.

– Et prendre le risque de laisser courir un possible assassin, répliqua le juge, il faut en avoir le cœur net. Mais ne vous inquiétez pas, notre ami Mercier va le traiter avec tout le doigté et le tact qu'on lui connaît.

La réunion n'avait rien résolu, le mystère restait entier mais l'enquête continuait sa route et tout le monde était content.

– Soyez prudent, entonnèrent de concert le juge et le divisionnaire, soulagés pour un temps. Mais ils dormiraient vraisemblablement mal cette nuit et arriveraient au bureau de bonne heure le lendemain matin.

Mercier ne les écoutait plus, son esprit était déjà rue des Saint-Pères.

Alea jacta est, une décision avait enfin été prise, le sort de Jean Malesherbes était scellé et le cours de l'instruction, un instant chahuté, pouvait reprendre normalement en totale conformité avec la procédure. Les prochaines quarante-huit heures allaient être pénibles pour tout le monde et la seule chose certaine était que la messe de minuit et le réveillon du jeudi étaient tombés à l'eau.

Mercier et Pignol, aidés de quelques adjoints de permanence, se relayeraient pour la garde à vue, et les services du sommier seraient renforcés pour assurer la logistique au fur et à mesure de l'interrogatoire.

Dans une garde à vue, il y a ce que voit le présumé innocent mais il y a surtout ce qu'il ne voit pas, une meute de flics qui vérifient en temps réel les réponses aux questions posées pour confondre leur prévenu, dans l'attente du premier mensonge si cher au commissaire.

Il était 19 heures quand Mercier retourna rue des Saints-Pères. Jean Malesherbes avait déjà été transféré au Quai, la perquisition était terminée et deux hommes vaquaient encore sur les lieux avec pour mission de sécuriser l'appartement.

Le commissaire entreprit une visite soigneuse des pièces, non qu'il veuille refaire le travail de ses collègues, mais il souhaitait connaître un peu mieux cette Philae, la splendide et énigmatique épouse de son illustre suspect.

Il fallait élucider pourquoi une Marie-Caroline tout en chair, mais un peu fade, avait remplacé une déesse égyptienne fine et racée dans le lit d'un préfet de la République.

Il commença par l'atelier de peinture envahi par une multitude de tableaux dont le style uniforme donnait à la pièce un caractère oppressant. L'effet était saisissant : de grandes plages de gouache, des arcs monochromes jetés comme au hasard. Les tons étaient blafards, les bleus sombres, et les gris sinistres. De nombreuses peintures étaient balafrées par de grands traits parallèles comme si la scène était représentée depuis l'intérieur d'une prison.

Le jaune était singulièrement absent, renforçant l'expression des rouges qui ressemblaient à des flaques de sang. Des visions hallucinées, une ambiance de catacombe. Seule la beauté d'un visage de petite fille, présent sur plusieurs toiles, atténuait cette impression de cauchemar.

Philae restait silencieuse. Tremblante, elle observait Mercier en arrêt devant sa peinture comme un chien de chasse. Cet homme était différent... Certes, c'était un flic avant tout, mais il semblait sensible, subtil dans ses requêtes. Allait-il la comprendre? Devait-elle se livrer ou au contraire dissimuler? Pouvait-elle avoir confiance? Brutalement, peut-être pour la première fois, elle eut soudain conscience du réalisme de sa peinture. Dans un sursaut de pudeur, comme si elle était nue, elle sortit de la pièce le rouge aux joues.

Un peu plus loin dans le couloir, il y avait deux chambres à coucher reliées par une salle de bains. Dans chaque pièce, un petit lit. Le flic tournait entre ces trois pièces en regardant fixement Mme Malesherbes, guettant une explication et l'obligeant à rompre un silence qui devenait pesant.

– Comme vous pouvez le constater, dit-elle doucement, ce sont des lits une place, nous ne faisons plus que salle de bains commune...

– Depuis longtemps?

– Quelques années, trois, peut-être quatre. Le temps passe si vite. J'étais au courant de la liaison de mon mari. Vous savez, je suis comme lui chargée de cours à l'Institut des langues orientales, alors, Marie-Caroline, je la connaissais bien. Je l'ai eue comme étudiante et nous avions sympathisé, je l'ai même encouragée à peindre. Elle faisait plutôt des aquarelles.

– Cela vous faisait donc un beau mobile pour tuer cette rivale.

Ébranlé par le délicat parfum de son interlocutrice, le commissaire avait délibérément choisi d'être direct. Cette femme était trop intelligente pour se laisser impressionner, il fallait la bousculer. La réponse dépassa ses espérances.

– Pas vraiment, je n'avais aucune animosité envers elle, bien au contraire.

– Ce n'était quand même pas une amie…, insinua le commissaire qui guettait la réaction de Mme Malesherbes.

– Si, justement. Pour vous parler franchement, la salle de bains comme seul endroit de vie commune avec mon mari, c'est exclusivement de ma faute. Dans ces conditions, je ne pouvais pas exiger une fidélité absolue de sa part. Finalement, avec Marie-Caroline, j'étais rassurée. Pour moi, c'était mieux. De cette façon je savais avec qui il était quand il découchait et j'en étais moins jalouse.

– Et que pensait votre mari de cette situation ?

– Lui, il est si gentil, il évoquait rarement la question, non qu'il soit indifférent mais il ne souhaitait pas retourner le couteau dans la plaie.

– Et avec Mlle Charron, vous étiez plus loquace ?

– Oui, avec elle on pouvait discuter de tout librement, même des choses les plus intimes, elle était peu conventionnelle dans ses relations avec les gens.

– Parce qu'elle vous racontait…, s'esclaffa le commissaire.

– Oui, et au risque de vous choquer, je l'ai même conseillée en lui donnant quelques petits tuyaux de femmes.

– Et pour quelles raisons ?

– Oh ! sûrement pas pour ce que vous croyez, par vice ou je ne sais quel plaisir malsain. Au contraire, j'étais déjà assez ennuyée que mon mari ait une liaison par ma faute… Au moins, je faisais tout pour qu'il reste fidèle à sa maîtresse. C'est peut-être surprenant, bizarre et inhabituel mais c'est aussi simple que cela.

– Et peut-on connaître la raison du relâchement de vos relations avec votre mari ?

– Un choc affectif lié à ma vie en Iran. Tout n'a pas été un long fleuve tranquille dans mon idylle avec Jean. Son métier posait un problème. Mon père est mort pendant la guerre Iran-Irak alors que j'étais très jeune, puis le décès de ma mère m'a beaucoup affecté. Et ensuite, une nouvelle vie en France, la naturalisation, la perte de mes racines asiatiques. Peut-être devrais-je consulter un psychiatre, il expliquerait mieux que moi le pourquoi et le comment de mon refus soudain de faire l'amour, ce qui finalement me pèse autant qu'à Jean.

– Et vous avez consulté un spécialiste ?

– Non…

– Votre mari… Il en disait quoi… Il en parlait avec vous ?

– Parfois… Au début… Mais cela nous faisait du mal à tous les deux. Le sujet a été abordé de plus en plus rarement, puis plus du tout. Nous avons trouvé une sorte d'équilibre. Il respectait ma souffrance, acceptait mes dérobades, et moi, je tolérais sa liaison avec Marie-Caroline.

– Vous auriez moins bien supporté une liaison avec quelqu'un d'autre ?

– Exactement, cela aurait été impossible. C'est pourquoi elle est devenue une amie. Je ne voulais à aucun prix que cela change.

– Et vous alliez parfois chez elle quai de Béthune…

– Oui, j'y restais même pour dormir. Jean est très occupé, il couchait souvent à l'Élysée.

– Vous saviez donc qu'elle rédigeait des notes ou ses mémoires sur un petit cahier ?

– Oui, mais ce n'était pas méchant. Des racontars de midinette, des petites coucheries bourgeoises par-ci par-là, des réflexions oiseuses sur les uns et les autres, des secrets de polichinelle, quelques médisances sur la vie parisienne, rien de plus. La divulgation de ces écrits en aurait chagriné quelques-uns mais c'était d'une banalité affligeante et on ne l'a pas tuée pour cela. Je ne suis même pas sûre qu'elle eût pu trouver un éditeur.

Mercier appréciait la franchise éclatante de cette Philae mais il savait bien que lorsque l'on se confie ainsi à un inconnu sur les événements les plus intimes de son existence sans en donner la vraie raison, celle qui est enfouie dans un passé perdu, celle qui par sa violence a détruit une vie, celle qui a le goût amer de la désespérance, seul un exorciste peut faire jaillir cette vérité cachée. Il sentait qu'il brûlait dans la découverte de la solution de l'énigme. Manifestement, Mercier venait de frapper juste et, en plus, la banderille était bien placée. Il fallait faire vite pour en tirer avantage, mais la femme qui lui faisait face était si belle, si naturelle pour expliquer les choses de l'amour, si claire et si convaincante dans son raisonnement… Le commissaire était sous le charme, impressionné par la totale absence de pudeur de Philae dans l'expression de ses sentiments intimes. Magnanime, il se posait la question de diminuer la pression et d'arrêter là son interrogatoire indiscret.

– Vous pensez que votre mari est l'assassin ? continua-t-il.

– Impossible, il n'avait aucune raison, bien au contraire. Sur le plan sexuel, elle comblait ses fantasmes, et elle lui était indispensable pour son boulot. Jean vous a raconté ?

– Oui.

– Ah…, fit Philae légèrement surprise.

– Ainsi d'après vous, il n'y avait pas dans ce cahier de quoi trouver un mobile au meurtre qui m'occupe ?

– Non.

– Sa mère dit pourtant le contraire.

– Ah !… Sa mère…

– Vous la connaissez ?

– Il le fallait bien, elle venait sans arrêt quai de Béthune chez Marie-Caroline sous des prétextes divers.

– Vous n'avez pas l'air de beaucoup l'apprécier.

– C'est plutôt le contraire. C'est elle qui me détestait car, sans moi, elle s'imaginait que Marie-Caroline aurait pu faire une bonne épouse.

– Vous croyez cela possible ? murmura le commissaire.

– Impossible, Jean, il aimait bien Marie-Caroline mais de là à l'épouser, il y a un abîme.

– Un abîme ?

– Oui, le sexe, c'est bien beau mais ce n'est pas tout. Jean, c'est moi qu'il aime, moi seule et ce sentiment, il n'est pas près de s'émousser, vous pouvez lui demander.

– Mme Charron prétend avoir connaissance de ce cahier.

– Sa mère en connaissait l'existence ? Cela ne m'étonne pas, elle furetait partout. Ce n'est sûrement pas Marie-Caroline qui le lui a montré. Elle a dû découvrir la cachette et en lire quelques bribes à la dérobée.

– Parce que vous, vous étiez dans la confidence ?

– Oui, il n'y avait pas de mystère. Il y a un espace secret dans le socle du meuble de la bibliothèque et Marie-Caroline m'en faisait parfois la lecture. On rigolait bien mais cela n'allait pas plus loin. Elle n'a jamais eu l'intention de divulguer et encore moins de publier quoi que ce soit.

Tout à coup, Mercier eut une conviction, comme un éclair furtif qui brutalement illumine un long interrogatoire et rend évidents des détails quelques instants plus tôt indécelables.

– Et ce cahier, qu'est-ce qu'il va devenir maintenant ? dit Mercier d'une voix ferme.

– Euh…

– Il serait préférable qu'il ne tombe pas entre des mains indélicates.

– …

– Ou pis, mal intentionnées.

– …

– Vous ne dites plus rien, vous étiez plus bavarde tout à l'heure. Vous parlez bien mais vous mentez mal, madame Malesherbes. J'ai failli me faire avoir à votre petit jeu.

– Mais…

– Il n'y a pas de mais, j'ai déjà embarqué votre mari avec une accusation de meurtre à la clef, ne m'obligez pas à continuer ma sale besogne. J'ai besoin de tout savoir, j'ai depuis le début le sentiment que l'on ne me dit rien sous prétexte qu'un flic, avec ses gros godillots, sa vue basse et son esprit étroit, serait incapable de comprendre une histoire d'amour mal ficelée… La mère de Marie-Caroline m'a déjà servi cette petite sauce, votre mari me l'a répétée d'une façon très polie tout à l'heure et vous, vous n'osez pas me le dire mais vous n'en pensez pas moins.

– C'est que…

– C'est que vous êtes une menteuse parce que ce cahier, vous êtes allée le reprendre lundi soir en fracturant la porte d'une manière si maladroite que c'était presque une signature.

Philae éclata en sanglots et se jeta au cou du commissaire. Il restèrent ainsi immobiles, lui silencieux, elle secouée de longs sanglots. Il sentait sa poitrine chaude pressée contre la sienne et aurait souhaité arrêter le temps. Mercier venait de remporter un round, la confession allait venir.

– Il ne fallait pas que la mémoire de Marie-Caroline soit ternie ou souillée, continua Philae. Elle est morte et avait déjà payé très cher cette histoire dans laquelle elle n'est pour rien, je ne voulais pas en plus que vous, sa mère ou, plus grave encore, quelqu'un d'autre ne s'empare de ce cahier.

– Eh bien, c'est loupé. C'est votre mari qui vous a suggéré ce petit fric-frac d'opérette ?

– Non, le pauvre, ce cahier il n'en a pas connaissance, il est à des années-lumière de savoir qu'il existe. Mais votre gros plein de soupe, il n'a vraiment pas les yeux en face des trous parce que, présentement, il est dans la cuisine avec mes recettes de gâteaux. Il n'avait qu'à ouvrir le bon tiroir. Il est passé au moins dix fois devant. Pour une perquisition, ce n'est pas vraiment une réussite. Venez, je vais vous le donner et vous allez bien voir qu'il n'y a pas matière à meurtre.

Et joignant le geste à la parole, elle se détacha de Mercier et l'entraîna dans la cuisine.

– Voilà, dit-elle en lui tendant le document. J'essaye de vous aider du mieux que je peux car je sais que Jean est innocent…

– Non, vous ne m'aidez pas, vous continuez à mentir, je vais finir par croire que vous êtes de mèche avec votre mari et que vous trempez tous les deux dans cette sale affaire.

– Mais quoi encore ?

– Le tableau…

– Quel tableau ?

– Celui que vous avez pris avec le cahier quai de Béthune, ne mentez pas, c'est Paulette, la femme de ménage qui me l'a dit. Là encore, c'est du travail d'amateur car avec la trace laissée sur le mur, cela se voit comme le nez au milieu de la figure. Dans la précipitation, vous avez laissé le clou. Vous êtes un peu comme Pinocchio, dès que vous mentez, vous vous faites prendre.

– Ce tableau, je l'ai enlevé car c'est un autoportrait que j'avais donné à Marie-Caroline. Je ne voulais pas que la police me reconnaisse. Je souhaitais que mes liens avec elle restent le plus discrets possible.

– Eh bien, une fois de plus, c'est loupé. Vous en avez fait quoi, du tableau.

– Je ne pouvais pas prendre le risque que quelqu'un le reconnaisse chez moi. Je l'ai jeté dans la Seine. Vous me croyez ?

– Oui.

Le flic avait maintenant plus de doutes que de certitudes. Un voile atténuait les opinions tranchées colportées par Pignol depuis plus de dix jours. Marie-Caroline n'était plus une simple grue assoiffée d'argent, Jean Malesherbes n'était pas un banal espion au service de la République, et cette Philae n'était pas une épouse ordinaire trompée par un mari volage comme dans une comédie de boulevard.

Il se faisait tard et il fallait retourner au Quai pour la garde à vue. C'est Mme Malesherbes qui rompit le silence.

– Méfiez-vous, monsieur le commissaire, vous avez à faire à des gens très dangereux. Tout ceci n'est pas fini et maintenant j'ai peur.

– Pour vous ? Ne vous inquiétez pas, je vous laisse deux hommes pour garder l'appartement.

– Non, ce n'est pas pour moi, moi, je ne risque plus rien.

– Pour qui alors ?

– Pour mon mari, pour les prochaines victimes, pour vous, soyez prudent, j'espère que vous êtes armé.

En sortant dans la rue des Saints-Pères, Mercier, fatigué, décida, son petit cahier sous le bras, de passer chez lui manger un morceau avant de retourner au bureau. La garde à vue pouvait débuter sans lui. Pignol, drapé dans ses certitudes, ferait très bien l'affaire.

La nuit était tombée, le temps s'était brusquement refroidi. Seule une voiture de police mal garée devant une boutique de fleurs témoignait de l'affaire politico-judiciaire la plus grave de cette fin d'année.

Mort vivant

Mme Mercier avait compris la situation du premier coup d'œil. Elle servit le dîner en restant discrète et silencieuse, pendant que son mari parcourait consciencieusement le cahier d'écolier, un verre de chambertin à la main.

Philae avait raison, ce journal intime était sans réelle importance, plus proche du canular de potache que d'une arme de chantage. Il y avait bien sûr quelques indiscrétions sur des personnalités en vue mais guère plus que dans les journaux spécialisés en vente chaque semaine dans les kiosques. Son amant de cœur n'y était même pas cité.

Mercier faisait exprès de s'occuper car si sa femme, docile, ne disait presque rien, il savait qu'elle n'en pensait pas moins. Elle lui avait demandé de passer voir Brigitte pour cette histoire de CD volé afin qu'il se fasse une opinion, son opinion, celle que son épouse accepterait quelle qu'elle soit sans rechigner, et il ne l'avait pas fait. Il se promit de rendre visite à la petite fleuriste dès le lendemain mais il y avait cette garde à vue qui allait l'absorber une bonne partie de la nuit, à moins qu'il ne refile le baigneur à Pignol.

Le commissaire retardait à dessein son inéluctable face à face avec Jean Malesherbes, sachant pertinemment que le temps travaillait pour lui. L'interrogatoire en cours allait vite tourner à l'altercation avec Pignol et fragiliserait le prévenu qui serait ainsi plus malléable et plus enclin aux confidences lorsqu'il le reprendrait en main dans une heure ou deux au beau milieu de la nuit. L'homme était un professionnel de l'espionnage, il aurait la force de tenir tête pendant quarante-huit heures.

Le flic avait toutefois trouvé la faille, le petit grain de sable qui allait l'amener aux aveux, car si Jean Malesherbes semblait serein pour son propre avenir, il n'en était probablement pas de même pour son épouse Philae, plus sensible et plus vulnérable dans cette nouvelle solitude. Il l'imaginait errant dans son magnifique appartement de la rue des Saints-Pères, enchaînée à ses angoisses, entourée par ses souvenirs fantomatiques et sa peinture cauchemardesque, avec de surcroît deux flics comme chandelles pour lui rappeler à chaque instant le déséquilibre de sa vie et le caractère précaire de sa situation. Et puis il y avait eu en fin d'après-midi l'interrogatoire mené par Pignol dès que le commissaire avait eu le dos tourné, chez elle, dans son intimité, et le vocabulaire utilisé par ce flic peu raffiné avait dû la révulser même si elle n'en avait rien dit à Mercier. Son accablement était probablement aggravé par l'absence de personnes à qui se confier. Qu'elle se soit ainsi jetée au cou de Mercier pour lui révéler un secret était symptomatique. Son époux était enfermé dans un local judiciaire sans possibilité de communiquer et son amie Marie-Caroline était morte. Plus de parents, pas d'enfant, personne pour lui servir de bouée de sauvetage à ce moment chaotique de son existence.

C'est donc là que le commissaire allait porter l'estocade pour provoquer une faiblesse dans la cuirasse du système de défense de Jean Malesherbes. C'était dégueulasse, il le savait bien, d'utiliser ainsi la femme pour fragiliser l'homme et le faire parler mais c'est la loi du genre et il n'allait pas se priver de ce levier aussi classique qu'efficace.

Pour émousser ses scrupules, il se versa une grande rasade de la bouteille de chambertin posée sur la table, maintenant à moitié vide. C'était fameux. Une fois l'enquête terminée, il faudrait qu'il en recommande. Entre deux bouchées, le commissaire se leva, alla jusqu'à la bibliothèque et revint avec un gros volume sur l'Égypte. Un livre de collection richement illustré. Il commença à feuilleter, maladroitement, cherchant au hasard, revenant au sommaire pour continuer de plus belle dans ce désordre de pages pour finalement se servir une grande rasade du Chambertin. Mme Mercier prit son mari en pitié et mit fin à ce supplice.

– Tu cherches quelque chose ? demanda-t-elle d'une voix faussement intriguée.

– Philae, ça représente quoi dans l'histoire ancienne ?

– C'est un très beau petit temple ptolémaïque de Haute Egypte. On en a beaucoup parlé lors de la construction du barrage d'Assouan car il a fallu le déplacer pour éviter qu'il ne soit noyé sous les eaux. Il est maintenant conservé sur un îlot voisin et, pour le visiter, il faut prendre un bateau. C'est L'UNESCO qui...

– Et il servait à quoi, ce temple ?

– Il est dédié à la déesse Isis.

– Et cette Isis, elle a une histoire ?

– Oui, un véritable drame shakespearien, elle était la femme d'un autre dieu, Osiris, et celui-ci a été assassiné par son frère.

– C'est banal.

– Pas vraiment car, après avoir beaucoup pleuré en créant au passage la crue du Nil, elle n'a eu de cesse de récupérer un à un les morceaux de son cadavre. Grâce à ses pouvoirs, elle est parvenu à le faire revivre.

– La résurrection d'un dieu. C'est comme si le Christ avait été ressuscité par la vierge Marie, fit Mercier abasourdi. Finalement les religions se ressemblent toutes et utilisent les mêmes ficelles pour impressionner les foules crédules. Le christianisme n'a donc rien inventé…

– Arrête de blasphémer, pauvre mécréant! Ce n'est pas tout, car ainsi ressuscité par sa femme, Osiris devint le dieu des trépassés, le dieu du grand passage de la vie à la mort, celui qui accompagne les vivants jusqu'au royaume des cieux. C'est quelque chose de très particulier à la civilisation égyptienne et qui manque cruellement dans nos religions dites “modernes”, d'avoir ainsi quelqu'un qui t'accompagne quand tu es mort, afin que tu ne sois pas seul dans ce chemin inconnu et terrifiant vers l'au-delà. Une barque qui t'emmène vers le pays éternel des dieux.

– Ah… Un monde intermédiaire de morts vivants?

– Oui, si tu veux.

Mercier adorait ces moments où sa femme lui racontait de belles histoires du temps passé. Il l'aurait écoutée des heures entières. Gentiment grisé par le chambertin, il redevenait l'espace d'un instant un collégien ignorant devant sa maîtresse d'école cultivée. Elle le berçait ainsi de fables et c'était une des raisons de son amour pour elle, mais ce soir, il avait sommeil.

– Tu t'intéresses à la civilisation égyptienne maintenant?

– Bien malgré moi.

– Et tu as autre chose à me demander.

– Non, ou plutôt oui. Dans la bibliothèque qui te vient de ta mère, y a-t-il une cachette?

Mme Mercier, surprise de cette question saugrenue, répondit :

– Oui, bien sûr, comme dans toutes les belles pièces d'ébénisterie. La bibliothèque est en merisier massif et il y a une petite cache dans une plinthe sur le côté. Je ne te l'ai jamais dit parce que tu ne t'intéresses pas beaucoup à ces choses-là. J'y range mes bijoux. Tu sais, mon émeraude, celle que tu n'aimes pas…

– Elle est trop grosse et tout le monde croit qu'elle est fausse.

– Tu as du travail ce soir ? Tu vas repartir ? Il est plus de minuit.

– Oui, mais je vais laisser le travail à Pignol, je vais juste y faire un tour et je reviens. Demain, ce sera le contraire.

– Tu n'iras donc pas à la messe de minuit demain, dit-elle dépitée.

– Si, je ferai tout mon possible pour y être, quitte à me faire remplacer une heure ou deux. Elle commence à quelle heure, cette messe ?

– À 20 h 30.

– Garde-moi une petite place. C'est toi qui feras la quête ?

– Oui, l'abbé compte sur moi, je ne peux pas me permettre d'arriver en retard. Je serai à ma place habituelle au deuxième rang, près de la crèche qui est située à droite dans l'église, juste avant la sacristie. Tu as l'air fatigué.

– Tu as entendu les informations à la télé ?

– Oui.

– Qu'est-ce qu'ils ont dit ?

– Que tu avais arrêté un conseiller du président de la République et qu'il était entendu pour le meurtre de cette fille du Bristol. Patrick Poivre d'Arvor était déchaîné, et le sujet a occupé une bonne partie du journal télévisé. C'est bien ton affaire ? C'est bien ce conseiller que tu vas interroger ?

– Oui, mais j'ai l'impression de tourner en rond. Je ne sais même pas s'il est coupable. Il habite rue des Saints-Pères, dit-il en regardant d'un air triste la bouteille vide sur la table.

– Je sais, il a une très jolie femme, on la voit de temps en temps dans le quartier.

– Où l'as-tu vue ?

– Dans la rue, chez le boulanger, chez la fleuriste, tu sais, nous sommes voisins.

– Et tu lui as parlé ?

– Non, jamais.

La boucle était bouclée, on revenait une fois de plus à cette petite fleuriste qui semblait connaître tout le monde.

Avant de retourner quai des Orfèvres, Mercier prit une douche bien chaude et il laissa l'eau couler sur son corps très longtemps. L'énigme était encore floue mais, comme un bateau fantôme qui sortirait du brouillard, les contours de la côte devenaient visibles.

Maintenant, le commissaire avait les idées claires et il savait ce qu'il cherchait : un mort vivant.

Garde à vue

Sans tambour ni trompette, dans la nuit noire d'un conte de Noël, la garde à vue avait commencé.

Depuis plusieurs heures, Pignol passait et repassait Jean Malesherbes sur le grill des questions, toujours les mêmes demandes jusqu'à la nausée ou l'aveu.

En vieux marin, Mercier répétait volontiers qu'une garde à vue, c'est comme une balade en bateau par un soir de grand frais. Une fois embarqué, les amarres larguées, et le rivage hors de vue, vous ne pouvez plus descendre avant l'arrivée au prochain port et vous devez vous soumettre aux caprices de la météorologie. Au début, on vous promène en louvoyant, avec des manœuvres et des interrogations, répétées à l'infini jusqu'au mal de mer. C'est lorsque vous avez envie de vomir, que vos oreilles bourdonnent et que votre tête commence à tanguer que les choses sérieuses commencent. On vous emmène plus au large et vous voilà vent debout, avec à bâbord un flic qui crie à tue-tête et à tribord un autre qui fait l'écho. L'étrave tape à chaque question de plus en plus fort et une écume mousseuse vous brouille la vue. Le sel entre dans vos yeux qui se mettent à piquer. Vos réponses n'ont plus de sens bien défini, vous perdez le nord, vous ne tenez plus le cap. Et vous n'avez plus qu'une envie, en finir avec ce roulis de cauchemar, pouvoir vous reposer un peu, ne serait-ce que quelques minutes. Il y a bien ce phare qui semble vous appeler au loin, mais cette lampe devant vos yeux vous éblouit, elle ressemble à la traque des naufrageurs ou à celle des chasseurs de papillons de nuit. C'est alors qu'une avarie se produit, qu'un petit mensonge anodin de rien du tout prend tout à coup une importance capitale, qu'un flot d'injures se déverse sur vous et vous plaque à fond de cale. Les soupçons, les dénonciations et les preuves, vraies ou fausses, distillées par les deux flics qui vous escortent, claquent au vent du mensonge comme des voiles mal arrimées. Vous êtes obligé de réagir, de monter sur le pont qui vacille et de prendre une écoute pour redresser la barre qui part à la dérive. Lessivé par cet ouragan, il vous faut une bouée, une ancre flottante mais ce vent de folie balaie votre mémoire qui chavire. Coupable, la vérité va devenir le récif acéré qui précipitera votre naufrage ; innocent, elle peut être un havre de paix qui finira par vous accueillir pour accoster et débarquer.

La garde à vue menée par Pignol battait son plein… Dehors, les journalistes étaient rentrés chez eux et seuls quelques noctambules déambulaient dans le froid.

Pendant le trajet en voiture, Mercier pensait à tout sauf à son enquête. Un effet collatéral du chambertin. Il avait sommeil et doutait d'être très efficace. La garde à vue allait changer de meneur, un peu comme une malle-poste du temps jadis qui changeait son attelage fourbu, passant le relais à d'autres coursiers plus fringants. Mais là, le compte n'y était pas et Mercier épuisé et mal rasé faisait pâle figure.

Pas très loin, de l'autre côté de la Seine, rue des Saints-Pères, une jolie femme solitaire tournait et retournait dans la soie de son lit trop petit sans trouver le sommeil. Les questions qui claquaient dans sa tête lui faisaient mal. Pas tellement celles que lui avait posées ce commissaire qui semblait intelligent et compréhensif, mais celles qu'il n'avait pas encore posées. Fallait-il pour le bien de son mari hâter ou au contraire retarder cet instant, c'était là toute l'angoisse du moment. Elle était en sueur, une sueur épaisse qui vous colle à la peau, celle qui accompagne la peur et pourtant, elle frissonnait de froid. La nuit ne voulait pas finir, le temps était comme arrêté, suspendu à cette garde à vue et le silence l'étouffait. Cela lui rappelait un autre enfer.

Dès l'annonce de l'arrivée de Mercier vers les 3 heures du matin, Pignol se fit remplacer et monta dans le petit bureau de son patron pour faire le point.

– Alors, tu en es où, il a avoué quelque chose ? demanda le commissaire, plus par routine que par intérêt, d'un ton morne.

– Non, il est têtu comme un âne, il soutient mordicus la fable d'un second couteau qui serait entré dans la chambre de Marie-Caroline Charron après son départ du Bristol.

– Et toi, tu en penses quoi ?

– Tous les témoins de l'hôtel soutiennent que c'est impossible. De temps en temps, il faut faire confiance à ce qu'ils disent, les témoins.

– Bof ! fit Mercier d'un ton blasé. Au fait, tu les a convoqués pour qu'ils signent leurs déclarations ?

– Oui, ils vont s'échelonner toute cette journée de jeudi. J'ai voulu en finir avant Noël car après, j'ai peur qu'ils ne se dispersent dans la nature. Cela va bien nous occuper mais des collègues vont nous aider. Si on avait vraiment voulu mettre Jean Malesherbes hors de course, c'est lui qu'on aurait assassiné, pas sa maîtresse.

– Tu n'as donc pas d'opinion bien définie ? continua le commissaire d'un ton nonchalant.

– C'est surtout l'absence de mobile qui me gêne, et s'il y avait un second personnage, je verrais bien sa femme.

– Philae ?

– Oui, Mme Malesherbes parce qu'elle, elle avait un mobile en béton et elle n'a aucun alibi pour la nuit du crime. Et, cerise sur le gâteau, si elle fait condamner son mari innocent, elle prend une sublime revanche. Les Asiatiques sont rusées et elles ont la vengeance raffinée. Et puis vous avez vu, ils font chambre à part. Elle aurait des amants que je ne serais pas surpris, une jolie fille comme ça, il faut bien qu'elle baise un peu. Elle est trop belle pour être honnête, une vicieuse…

Mercier, soudainement piqué au vif devant ces commérages de caniveau sans le moindre début d'une preuve, remit brutalement Pignol en place.

– Et pendant tout ce temps, en dehors de dire non, il a dû te raconter un peu sa vie, M. le conseiller. Raconte au lieu de vomir des âneries.

Jean Malesherbes avait effectivement détaillé son existence de fils de famille fortunée, un rejeton privilégié d'ambassadeur, habitué au luxe et aux fréquentations des grands de ce monde. Un papa copain avec un président de la République, une enfance heureuse à Téhéran, ses études en France, son retour comme espion de choc en Iran… Son voisin de banc à l'école était devenu directeur de la base militaire de Parchine, un complexe militaire ultrasensible situé à trente-cinq kilomètres au sud-est de la capitale. De conversations anodines en petites confidences, Jean Malesherbes savait tout sur l'état d'avancement des missiles iraniens, les explosifs utilisés, la puissance des charges, et les projets naissants d'une bombe atomique.

L'hiver, chaque week-end ou presque, il allait skier dans les montagnes du Demavend au nord-est de Téhéran avec ce directeur et quelques amis, tous choisis dans l'intelligentsia au pouvoir. L'été, avec d'autres, il partait sur les bords de la mer Caspienne.

Cet ami, musulman convaincu, parfois extrémiste dans ses discours officiels, ne dédaignait pas les grands vins que Jean Malesherbes lui offrait, ni les invitations fastueuses à l'ambassade de France. Il était bienvenu rue Neuphle-le-Château, une adresse qui représentait en soi tout un symbole, et en retour, Jean Malesherbes avait ses entrées partout, occupant ses journées entre la Résidence royale de Quajar, le Jardin rose et le Palais du Golestan. Les relations étaient cordiales et tout ce petit monde, sans vraiment s'en rendre compte, donnait des bribes d'informations qui, une fois recoupées et complétées, formaient une trame solide pour l'espionnage français en Iran. Jean était un ami et, dans ces pays-là, une amitié est plus solide qu'un sacrement, une trahison est impensable.

C'était la belle époque, celle où la France supplantait les États-Unis, celle où Jean Malesherbes orientait les affaires commerciales, donnait le nom de la personne la plus corruptible, faisait recruter des agents doubles sur lesquels il fournissait des dossiers compromettants, créant ainsi des liens indéfectibles de fidélité. C'est ainsi qu'il avait rencontré Philae, quinze ans à peine, la fille d'une professeur de français à l'université de Téhéran, une veuve de guerre. Après quelques tests, elle avait vite pris du galon et était devenue un agent très efficace au service de la France.

Il était déjà 5 heures du matin, il était temps pour le commissaire de voir le suspect.

Mercier aimait entendre les opinions de Pignol, non qu'elles lui soient de la moindre utilité mais parce qu'elles étaient emblématiques de la sottise des gens. Le commissaire savait que Philae lui avait menti, lui cachait quelque chose de grave, mais il était convaincu qu'elle aimait sincèrement son mari et que Marie-Caroline avait été son amie. Le raisonnement de Pignol était simplement logique, il concordait avec les règles les plus élémentaires enseignées dans toutes les écoles de police du monde : pas d'alibi, un mobile en or et une possibilité de vengeance. Le tiercé dans l'ordre de la maréchaussée. De guerre lasse, il se leva et rejoignit la pièce où se trouvait Jean Malesherbes, non sans un dernier petit mot gentil pour Pignol.

– Va dormir une heure ou deux, je prends la relève. Tu rentres chez toi ?

– Non, je vais dormir à côté au cas où vous ayez besoin de moi. Bon courage, j'ai peur que vous ne tombiez sur un os.

– Pour un chien de commissaire dans mon genre, s'il y a un peu de moelle…

Pignol sortit en haussant les épaules.

À l'étage supérieur, dans une pièce spéciale avec des petites fenêtres ressemblant à des lucarnes, Jean Malesherbes se tenait sur une chaise, menotté, digne et calme, presque serein. Mercier alla s'asseoir en face du prévenu, devant un bureau de bois jauni par le temps. Il ouvrit le tiroir, en tira une feuille de papier et un crayon. Il fallait toujours qu'il s'occupe les mains pendant une garde à vue. Il griffonnait des mots et des chiffres tout en posant ses questions. Sans un mot, il sortit une clef de sa poche et ôta les menottes. C'était formellement interdit mais là, il s'en foutait. Jusqu'au matin, il était seul maître à bord. Les deux hommes étaient face à face et nul ne voulait engager la conversation.

– Ça va ? débuta le commissaire.

– Ça pourrait aller mieux.

– Vous n'êtes pas très bavard, m'a-t-on dit.

– Vous voulez rire, j'ai raconté ma vie en long, en large et en travers à votre collègue, ce n'est pas de ma faute si votre adjoint revient sans arrêt sur les mêmes questions. Je n'ai pas tué Marie-Caroline, c'est quelqu'un d'autre. Je ne sortirai pas de cette version des faits puisque c'est la vérité.

– Tous les témoins du Bristol soutiennent que c'est impossible. Il faut bien que je tienne compte de ce qu'ils me disent, les témoins.

– Mais je ne mets pas en doute ce qu'ils disent.

– Alors, vous pensez comme moi, dit Mercier en relevant la tête.

– C'est votre interprétation de ce que disent les témoins qui est erronée, pas ce qu'ils affirment.

– Une fois de plus, vous me prenez pour un imbécile. C'est la deuxième fois aujourd'hui. Revenons à ce que vous avez dit ou plutôt caché à l'inspecteur Pignol. On a du temps mais il faut avancer maintenant.

– Il faut dire qu'il est bizarre, votre Pignol, répliqua Jean Malesherbes du tac au tac.

– Bizarre ?

– Oui, il sort des photographies comme un prestidigitateur sortirait un lapin d'un chapeau et me les agite sous le nez.

– Les photographies de la chambre ?
– Non, celles du boudoir.
– Et alors ?
– Il me dit sans arrêt qu'il manque quelque chose.
– Quoi donc ?
– C'est si stupide que je n'ose vous le dire.
– Au point où nous en sommes.
– Il dit qu'il manque la petite culotte de Marie-Caroline.
– Et c'est faux ? répliqua Mercier.
– Non, ce n'est pas faux mais justement, si elle manque, c'est que quelqu'un l'aura prise et que je suis innocent.
– Et vous l'avez dit à l'inspecteur Pignol ?
– Oui, mais lui, il a une version différente, une explication plus grivoise de la façon de s'habiller de Marie-Caroline.
– Ou de ne pas s'habiller. On ne va pas passer la nuit sur ce point de détail.
– Eh bien si, justement. Maintenant que je tiens la preuve de mon innocence, une preuve absolue, je veux que vous la retrouviez, cette culotte.
– Pourquoi, elle est particulière ?
– Oui, je lui en ai fait cadeau. Nous étions allés visiter le parc Eurodisney à Marne-la-Vallée. C'est moi qui l'ai achetée. Il y a une tête de Mickey sur le devant, ça l'avait fait rire.
– Mickey ?
– Oui, soyez attentif à ce que je dis. Une tête de Mickey, la souris fétiche de Walt Disney, avec son nez en boule et ses grosses oreilles rondes sur les côtés.

Mercier continuait machinalement son interrogatoire, presque distant, monocorde, notant des mots et des chiffres, raturant, remplissant consciencieusement la feuille blanche placée sur la table. Il savait qu'il n'obtiendrait pas d'aveu ce soir ; c'est toujours pendant la deuxième nuit de la garde à vue que le suspect fatigue et se met à table. Il fallait attendre le retour de Pignol, au mieux vers 10 heures, il ne voudrait pour rien au monde louper les commentaires du juge et du divisionnaire.

Pendant ce temps, Philae avait préféré se lever et se faire un café. Le jour ne se décidait pas à venir. Elle errait dans l'appartement comme une mouche prisonnière de son bocal, ne sachant que faire d'elle-même.

Tous les flics avec un peu d'expérience vous le diront, une garde à vue de nuit n'a rien à voir avec une garde à vue de jour. Le jour, le suspect et le flic sont dans leur milieu naturel et le petit jeu des questions et des réponses ressemble à un ballet réglé d'avance où chacun reste à sa place. Le flic accuse et le truand ne balance pas. C'est la règle. La nuit, les questions se font plus sournoises et fusent dans l'obscurité comme des ombres fantomatiques. La pénombre est propice à l'éclosion de la vérité, celle-ci apparaît moins crue à la lumière blafarde d'un croissant de lune.

– Et pourquoi n'est-ce pas vous que l'on a supprimé, dit le commissaire doucement, si on voulait vous mettre sur la touche, cela aurait été plus simple et plus radical, vous ne pensez pas ?

Jean Malesherbes haussa les épaules.

– Vous imaginez une seconde l'assassinat du responsable de la section antiterroriste de l'Élysée ?

– Oui, reconnut le policier, cela aurait beaucoup agité les services.

– Avec à la clef le passage du plan Vigipirate à l'orange, le retour de la troupe dans les stations de métro, les gares et les lieux publics, les contrôles d'identité inopinés dans les rues. Vous pensez que cela aurait vraiment facilité la discrétion des déplacements. Dans ce petit monde de passe-murailles, l'essentiel est de ne pas se faire remarquer. Soyez un peu réaliste.

Jean Malesherbes savait qu'il venait de marquer un point en clouant ainsi le bec à l'un des plus grands flics de France. Maintenant, il essayait de déchiffrer à l'envers les gribouillis du commissaire qui, l'air penaud, faisait une soustraction. Il posa son crayon, lentement, et leva le regard vers Jean Malesherbes.

– Si vous arrêtiez de me mentir et que vous me disiez enfin la vérité.

– C'est ce que je fais.

– Non.

– Je n'ai pas menti une seule fois.

– Si.

– Prouvez-le.

– Vous avez menti par omission.

– Je vous ai tout dit au sujet de Marie-Caroline, notre rencontre, l'Institut des langues orientales, notre liaison, nos rencontres au Bristol, le pourquoi et le comment de nos relations, nos accords financiers. J'ai tout dit, tout.

– Peut-être, répondit Mercier le regard glacial, mais moi, je ne vous parle pas de Marie-Caroline.

– Et de qui voulez-vous que nous parlions? C'est elle qui a été assassinée, tout de même!

– Je parle de votre femme, Philae.

– Mais ça n'a aucun rapport avec votre enquête!

– Ça, c'est vous qui le dites et permettez-moi d'avoir une opinion différente.

Le visage de Jean Malesherbes se figea, ses paupières se plissèrent, ses lèvres pâlirent et des gouttelettes de sueur apparurent sur son front. Mercier avait fait mouche. Depuis quelques minutes, le commissaire avait compris que son interlocuteur parlait beaucoup pour éviter certains sujets, comme s'il protégeait quelqu'un, comme si la vérité qu'il avait à confesser était inaudible, sa pénitence pire que la prison. Mercier reprit son papier et sa soustraction.

– Vous avez rencontré votre épouse à Téhéran ?

– Oui, je vous l'ai dit.

– Elle avait quinze ans ?

– Oui.

– Et quand l'avez-vous épousée ?

– Il y a huit ans.

– Elle avait donc vingt-deux ans ?

– Oui, et alors ?

– Alors, je veux que vous m'expliquiez le trou de sept ans entre le moment où vous l'avez rencontrée et votre mariage. Vous ne trouvez pas le temps un peu long pour des fiançailles honnêtes ?

Malgré le café fort, Philae ne se sentait toujours pas bien. Lasse de tourner en rond dans sa chambre comme un ours en cage, elle prit une décision. Elle alla chercher le lit dans la pièce voisine et le traîna jusque dans sa chambre à coucher. Un grand soulagement envahit sa poitrine. Elle allait déjà mieux. Maintenant, il fallait ranger, fleurir, décorer, effacer les traces du passé, repartir du bon pied. Ce nouvel agencement allait l'occuper toute la journée et ce serait déjà ça de passé.

Pendant ce temps, de l'autre côté de la Seine, l'aube pointait et Jean Malesherbes, en mauvaise posture, ayant trouvé plus fort que lui, racontait une histoire terrible.

Une nuit, alors que, attaché d'ambassade, il filait le parfait amour avec Philae, sa future belle-mère fut arrêtée par la police iranienne et emprisonnée. Au petit matin, Philae de retour chez elle fut appréhendée, et Malesherbes ne dut son salut qu'à la plaque diplomatique de sa voiture. La chancellerie était sens dessus dessous, la mère avait été dénoncée et sa petite entreprise d'espionnage découverte. Philae était accusée de complicité. Malesherbes fut exfiltré d'urgence par les services spéciaux. Un hélicoptère l'emporta la nuit même vers l'aéroport de Téhéran où un avion militaire attendant discrètement en bout de piste décolla sans attendre l'autorisation de la tour de contrôle. Avant d'avoir eu le temps de dire « ouf », il se retrouva exilé en France, son amour parqué dans une geôle glacée iranienne et sa future belle-mère traînée devant les tribunaux. Pendant le procès qui suivit, les preuves de collusion avec une puissance étrangère furent accablantes. La mère fut condamnée à mort

– Et je ne vous parle pas du supplice de Philae, continuait Jean Malesherbes, à présent au bord des larmes. La nuit, bâillonnée, on la conduisait dans une pièce spéciale pour qu'elle entende hurler sa mère pendant les interrogatoires. Le pire, ce fut quand sa mère cessa d'émettre la moindre plainte pendant ces séances de torture.

– Pourquoi ?

– Parce que la mère avait deviné la présence de sa fille et retenait ses cris.

– Quel a été le sort de votre femme ?

– Elle aussi a dû endurer les supplices de ces bourreaux. Et puis un jour, on lui a annoncé que sa mère était morte. Ils lui ont dit qu'elle s'était pendue dans sa cellule, mais ce n'est qu'une hypothèse…

– Et ensuite ?

– Une longue attente, aucune nouvelle pendant cinq ans. À travers Philae et les souffrances qu'ils lui faisaient endurer, c'est moi que l'on voulait punir. J'étais l'arroseur arrosé, moi qui les avais humiliés en découvrant leurs secrets, moi qui avais osé trahir. Les arrestations ont été nombreuses et il y a eu un grand ménage dans la haute administration. Il a fallu que je me cache car, même en France, ma vie était en danger, il y avait un contrat sur ma tête. Les services secrets m'ont donné des faux papiers et je suis allé vivre en Suisse pendant plus de trois ans en attendant que tout se calme. Le Quai d'Orsay a bien tenté de proposer un échange pour Philae, mais les Iraniens n'ont rien voulu savoir. C'était ma punition et il fallait boire le calice jusqu'à la lie. Et puis un jour, j'ai reçu un coup de téléphone, Philae s'était évadée, elle était en Turquie. J'ai sauté dans un avion et je suis allé la récupérer. Voilà le pourquoi d'aussi longues fiançailles.

– Et comment a-t-elle pu s'évader ?

– Elle est toujours restée très évasive sur ce point, elle m'a parlé de la complicité d'un gardien mais elle ne m'a jamais dit contre quoi elle avait échangé sa liberté. Je n'ai jamais insisté. Elle m'avait déjà montré son dos.

– Son dos ? fit Mercier étonné.

– Oui, ce n'est qu'une succession de cicatrices boursouflées dues aux coups de fouet. Vous imaginez un peu son calvaire.

– …

– Et tout cela par ma faute, exclusivement par ma faute, j'y pense sans arrêt et je n'ai jamais trouvé comment réparer.

Il faisait grand jour et Mercier fit apporter du café.

Avec deux tasses.

Bonsaï

Le juge et le divisionnaire étaient arrivés au bureau plus tôt que d'habitude. L'ambiance était faussement guillerette, l'inquiétude était perceptible sur les visages. Les sourires étaient plus crispés, les petits bonjours matinaux plus brefs. Ne sachant rien encore de la récolte de la nuit mais certains d'être les têtes pensantes de cette affaire, ils avaient prononcé quelques paroles sentencieuses et lénifiantes à l'adresse des journalistes déjà nombreux, en faction sur le quai, qui, comme de sinistres corbeaux noirs, attendaient une issue la plus crapuleuse possible.

Mercier n'était plus pressé, il somnolait devant sa tasse. Jean Malesherbes faisait de même. C'est Pignol qui, vers neuf heures et demie, envoya quelqu'un pour relayer le commissaire et faire le point général sur la situation.

– Il ne veut pas avouer le crime de Mlle Charron et dit que ce n'est pas lui, commença Pignol.

La suite ne fut que bafouillages incompréhensibles, personne ne voulant admettre qu'il n'avait pas d'opinion et que l'enquête était au point mort. Le divisionnaire trouvait le dossier trop mince pour une inculpation, le juge avait peur de la réaction de la presse en cas de remise en liberté et redoutait un scandale dont il allait faire les frais, Pignol voulait en finir et faire craquer le prévenu tandis que Mercier n'attendait qu'une seule chose, que l'entretien prenne fin pour rentrer chez lui prendre une bonne douche, manger un morceau, boire un coup, et enfin dormir un peu.

Un brigadier du sommier téléphona pendant cette réunion, il avait reçu le dossier concernant Jean Malesherbes et demandait à faire son rapport sur-le-champ.

– C'est un agent secret de premier ordre : pendant son séjour en Iran, il a laminé tout le contre-espionnage local. Le seul ennui, c'est que sa future belle-mère et sa future femme se sont fait prendre la main dans le sac. La mère est morte en prison et la fille a réussi à s'évader après cinq ans de cabane dans une geôle de Téhéran. Je ne sais pas si cela vous intéresse mais je ne voulais pas vous faire attendre…

– Aucun intérêt, répliqua Pignol, on cherche un criminel qui a tué une pute vicieuse sur le territoire français et on nous embarque dans une affaire rocambolesque à quinze mille kilomètres d'ici et qui remonte à plus de huit ans. Revenons-en aux faits, messieurs !

Finalement, le divisionnaire fit avancer la situation en répartissant les rôles.

– Bon, Pignol va reprendre la garde à vue, Mercier qui a l'air fatigué va aller se coucher une heure ou deux, et monsieur le juge et moi-même, nous allons faire patienter la presse.

Avant de rentrer chez lui rue Jacob, le commissaire relut certaines déclarations des témoins convoqués qui allaient défiler tout au long de la journée. Seul dans son bureau, le camélia déjà en boutons, face au tableau empli de photographies qui semblaient l'observer, il contemplait la peinture de Mme Malesherbes, que Pignol avait déposée. Tout était triste, les couleurs, les formes, les ombres, et puis ces traits verticaux parallèles. Il commençait à comprendre. La solution était là, il n'avait plus qu'à gratter un peu. Avant de partir, le commissaire appela ses hommes en faction rue des Saints-Pères.

– Tout va bien ?

– Oui.

– Elle est calme ?

– Pas vraiment...

– Qu'est-ce qu'elle fait ?

– Elle déménage.

– Comment ça, elle déménage ?

– Elle a sorti un lit d'une des chambres à coucher et elle l'a transporté dans l'autre chambre. Il a même fallu lui donner un coup de main.

– Et après ?

– Après elle nous a fait un bon café. Elle le fait venir du Brésil...

– Et après ?

– Après, c'est-à-dire maintenant, elle range, elle décore, elle déplace les meubles, les objets... Elle a demandé que nous téléphonions pour commander des fleurs et elle fait du feu dans la cheminée.

– Du feu ?

– Oui, du feu. Elle a réuni tous les petits arbres miniatures de l'appartement.

– Les bonsaïs ?

– Oui, je crois que c'est comme ça que ça s'appelle.

– Et elle fait du feu avec ?

– Oui, après les avoir déracinés.

En rentrant chez lui, Mercier ne put retenir son injure favorite – « Quel con, ce Pignol ! »

Coup de torchon

En montant l'escalier de la rue Jacob, peu avant midi, fourbu, sale et pas rasé, Mercier allait sonner quand un remords le prit soudainement. Sa femme lui avait demandé comme une supplique de passer voir Brigitte, et il ne l'avait toujours pas fait. Il savait qu'elle ne lui en parlerait jamais plus, mais il pressentait aussi que l'ambiance du réveillon en serait gâtée.

Il redescendit donc sur la pointe des pieds, fit un crochet chez le libraire pour prendre le cadeau qu'il avait commandé et entra dans la boutique de fleurs. C'est la propriétaire qui officiait, il y avait beaucoup de monde en cette journée chargée et une petite vendeuse qu'il ne connaissait pas s'approcha maladroitement.

– Laisse, c'est pour moi, dit la patronne d'un air revêche. Vous tombez mal, continua-t-elle en tournant son visage porcin vers Mercier qu'elle avait reconnu, c'est un moment de chauffe, il vaudrait mieux revenir dans quelques jours. Aujourd'hui, j'ai à faire et puis j'ai déjà tout dit à vos collègues. Pour moi, c'est une affaire classée. Dès que je lui aurai trouvé une remplaçante, Brigitte, je la fous à la porte. Et sans indemnités par-dessus le marché. Une petite voleuse… Je ne peux pas garder ça chez moi. C'est une maison honnête ici… Pourtant, elle avait l'air bien gentille, bien mignonne avec sa tête ronde et ses taches de rousseur… Ah ! on peut dire qu'elle cachait bien son jeu.

– Je peux la voir ?

– À votre aise, vous pouvez même l'emmener si vous voulez, suivez-moi, elle est fourrée dans l'arrière-boutique avec son ordinateur, comme d'habitude. Il n'y en a plus que pour Internet maintenant, le métier a bien changé. De mon temps… Je vous laisse.

Effectivement, Brigitte était devant l'écran de son ordinateur. Sans un mot, Mercier s'assit à côté d'elle.

– Je viens surtout pour vous remercier des conseils que vous donnez à ma femme pour mon camélia. Il fait l'admiration de toute la brigade.

– Vous ne venez pas pour cette histoire de CD ?

– Non, ce n'est pas moi qui m'en occupe. Ce n'est pas bien grave.

– C'est vous qui le dites. On va me mettre à la porte. Comme j'étais logée, je vais me retrouver à la rue et je ne vous parle pas du certificat que va me faire la patronne pour retrouver une autre place. Vous avez sûrement remarqué à quel point elle peut être gracieuse.

– Et qu'est-ce que je peux faire ?

– Simplement trouver le coupable puisque ce n'est pas moi.

Décidément, c'était une manie ! Tout le monde était innocent. Mercier n'aimait pas mentir mais là, il était obligé car le temps pressait, il avait autre chose à faire. Un petit mensonge… Minuscule… Pour se sortir hypocritement d'une situation délicate, éviter une explication orageuse et gagner quelques minutes.

– Je vous promets de faire mon possible, dit-il en rougissant, sachant pertinemment qu'il n'en ferait rien.

– Merci, monsieur le commissaire!

Le visage de Brigitte s'était détendu. Si le commissaire Mercier, celui que l'on voyait à la télé, s'occupait de son affaire, elle était sauvée. Elle était soulagée, sa vie allait enfin reprendre son cours normal.

Avant de partir, le commissaire s'intéressa à son travail, examina le microscope avec lequel elle regardait les feuilles et les morceaux d'écorces des arbustes qu'on lui confiait. Comme un médecin, elle établissait un diagnostic puis ordonnait une prescription. La seule différence, c'est qu'une bonne partie du travail se faisait par Internet. Elle avait créé un des sites les mieux renseignés sur les bonsaïs, et les demandes affluaient. Sur une étagère, il y avait une multitude de pots en verre comme on en trouvait autrefois chez les apothicaires. À l'intérieur, des poudres de toutes les couleurs et sur chacun une étiquette : fer, magnésium, cuivre, argile, chaux, silice, azote... Il y en avait des centaines sur plusieurs niveaux et puis sur une petite table trônait une balance de précision.

C'était sa vie, son univers et elle allait tout perdre. Mercier avait un remords.

– Marie-Caroline Charron, vous la connaissiez?

– Non, c'est sa mère qui s'occupait de ses plantes. Une bonne cliente, consciencieuse, un peu scolaire mais efficace. Dès qu'une feuille jaunissait, elle rappliquait en courant.

– Et Mme Malesherbes?

– Ça, c'est autre chose, un autre monde, une autre culture, une autre civilisation et pour ainsi dire une amie. Au début, elle est venue en voisine, pour quelques conseils. Elle a une splendide collection. Et puis, de fil en aiguille, nous avons sympathisé. Elle vient très souvent. Comme elle connaît plusieurs langues, elle m'aide à répondre aux correspondants étrangers qui sont de plus en plus nombreux. Parce que moi, l'anglais ou l'arabe, c'est du chinois, comme on dit ! Elle est un peu taciturne et ne semble pas avoir beaucoup d'amis en France. Ici, on bavardait, elle amenait le thé et moi je fournissais le sucre et l'eau chaude.

– Vous l'avez vue récemment ?

– Elle venait presque tous les jours me dire un petit bonjour, elle ne passait pas par le magasin, elle entrait par-derrière. Ici, elle était pour ainsi dire chez elle. Elle ouvrait l'ordinateur et me traduisait les messages.

– Et aujourd'hui ?

– Ne me prenez pas pour une gourde, commissaire, l'arrestation de M. Malesherbes a fait la une des journaux télévisés. Cette histoire est dans tous les quotidiens du matin et comme ça se passe dans notre rue, les clients ne parlent que de ça. On leur donnerait des topinambours à la place des roses qu'ils n'y trouveraient rien à redire. On n'est peut-être pas très cultivé dans notre métier mais on a l'électricité et l'eau courante. C'est pour ça que vous êtes venu. Je comprends mieux maintenant. Ma petite affaire, cela ne vous intéresse pas vraiment, c'est tout juste bon pour un minable commissaire de quartier. Allez, partez, j'ai failli me faire avoir avec vos salamalecs. La seule chose que je peux vous dire c'est que Philae, c'est une sainte. Vous devriez la protéger plutôt que de l'embêter comme vous faites. Une sainte, vous entendez, mettez-vous bien ça dans votre petite tête de flic.

Mercier en prenait pour son grade mais c'était bien fait, voilà ce qui se passe lorsqu'on commence à mentir. L'engrenage… Il fallait tenir et faire comme si on n'avait rien entendu, la politique de la toile cirée. On laisse glisser et on patiente. Le jeu en valait la chandelle. Mercier savait qu'il était au cœur de son affaire, dans le nid de la vérité. Celle-ci lui échappait encore, mais comme une fille séduite qui résiste, il savait qu'elle allait céder.

Il allait devoir donner un sacré coup de torchon pour balayer les idées préconçues du trio constitué du divisionnaire, du juge et de Pignol. Une fois de plus, le commissaire se sentait seul. Il avait des tiraillements d'estomac. Il avait faim, soif et il était fatigué. Son retard se rattrapait petit à petit mais il ne fallait rien brusquer, le fil était ténu.

La situation lui rappelait son enfance quand il courait après les grenouilles. On approche le batracien, on étend le bras, on ouvre la délicatement main pour le saisir, on croit en avoir fini et hop ! la grenouille fait un bond de trois mètres et vous regarde avec ses yeux globuleux en se moquant de vous.

– Philae n'était pas seulement une amie, dit la fleuriste en souriant, c'était peut-être aussi une confidente.

– Parce que vous l'appelez par son prénom, Mme Malesherbes ?

– Oui, et même que l'on se tutoie si vous voulez tout savoir. Vous voyez, j'ai bien compris que la voiture garée au coin de la rue elle est de chez vous, de la maison poulaga. Eh bien, ce matin, elle a fait commander des brassées de fleurs. Des orchidées, du mimosa, des lis. C'est bien simple, à elle seule, elle a dévalisé la boutique et il va falloir retourner chez le grossiste plus tôt que prévu.

Décidément, il se passait quelque chose dans le cerveau de Mme Malesherbes. Était-elle devenue folle ? On le serait devenu à moins.

Il fallait la revoir. D'urgence. La garde à vue attendrait…

Confessions intimes

Le commissaire tenait son paquet cadeau à la main par un beau ruban rouge. Ne sachant qu'en faire, il avait adopté le dandinement d'un ours et l'expression comique d'un pantin. L'entretien avec la fleuriste s'était prolongé car, par respect pour l'amitié que sa femme portait à ce témoin, Mercier avait supporté après leur petite joute oratoire un cours d'informatique et milles anecdotes sur la culture des bonsaïs, astuces pour raccourcir les racines, techniques pour ralentir la progression de la sève, subtilités de la taille pour accentuer le caractère tordu des branches...

Dans le froid de la rue des Saints-Pères, le flic regarda tristement sa montre. Il était plus de 4 heures de l'après-midi et Pignol devait l'attendre pour le relais. Pour tous, il était rentré chez lui dormir une heure ou deux et on devait commencer à s'impatienter.

Il n'avait plus le temps de retourner chez lui manger un morceau et se rafraîchir. Il ne savait pas vraiment pourquoi mais il sentait que quelque chose se préparait. Ce semblant d'agitation masquait fatalement autre chose, un événement évident que personne ne devinait. Englués dans leur routine, les témoins signaient leurs dépositions, la police faisait sa garde à vue, la justice surveillait les procédures et la presse rendait compte.

Le juge, le divisionnaire et Pignol ricanaient entre eux en pensant à Mercier.

– Il doit coincer une de ces bulles, ironisa Pignol.

De la boutique de fleurs au domicile des Malesherbes, il suffisait de traverser la rue des Saints-Pères. C'est un homme du groupe de permanence qui vint ouvrir. Il regarda l'air surpris le paquet entouré de papier argenté pendu au bras de Mercier.

Mme Malesherbes, pieds nus, était agenouillée devant sa cheminée où quelques morceaux d'arbustes se consumaient lentement. Sans se relever, elle tourna la tête vers le commissaire et malgré ses yeux rougis lui fit un beau sourire.

– Je mets de l'ordre.

– Dans votre appartement ?

– Non, dans ma tête. Vous voulez voir ?

Et elle l'emmena dans la nouvelle chambre à coucher toute décorée de lis, d'orchidées et de mimosas, où était placé un grand lit unique.

– Vous voyez, j'ai mis des fleurs et j'attends mon mari. Il aime beaucoup le parfum des mimosas. Comment va-t-il ?

– Bien.

– Et vous venez me voir à quelques heures de Noël pour me donner de ses nouvelles, bien sûr ?

Mercier commençait à en avoir plein le dos de ces remarques désobligeantes. Il se mettait en quatre pour faire avancer une affaire difficile, son réveillon allait être gâché et sa femme lui en voudrait, il n'était plus d'humeur à se faire railler, même par une déesse égyptienne. Cette enquête, il la dominait, mais, pour en finir, il ne fallait pas dévier de son sillon et tant pis si ça faisait mal. Un flic doit parfois être brutal mais la fin justifie les moyens. Il décocha sa première banderille brutalement, sans prévenir.

– Si je suis obligé de revenir, c'est à cause de vos mensonges

– Je croyais au contraire avoir été coopérative en vous remettant le cahier de Marie-Caroline. Si je l'avais gardé, vous ne l'auriez jamais retrouvé. Dans mon pays, la vérité, c'est la lumière, et son symbole, c'est l'obélisque, un rayon arraché au soleil et...

– Arrêtez vos paraboles égyptiennes. D'ailleurs, elles sont fausses parce qu'un obélisque est un monolithe et votre vérité, c'est un véritable puzzle. Mille morceaux que j'essaye péniblement de rassembler. Votre mari, cette nuit, il m'a raconté une bien curieuse histoire, une affaire d'espionnage, votre incarcération. Alors, votre vérité, votre lumière et votre obélisque, vous pouvez les ranger au rayon des amusettes pour flic demeuré. Je ne marche pas dans ces combines, il va falloir parler.

– Bon...

Le ton avait baissé d'un cran, elle attendait la suite, sa superbe avait disparu, quelques cernes témoignaient des pleurs de la nuit. Une momie vivante, prisonnière de son sarcophage. Elle avait compris que son mari avait été obligé d'avouer l'histoire de Philae.

– Vous ne m'avez pas parlé de cet emprisonnement ?

– Non, exprès, je préférais que ce soit Jean qui vous affranchisse. De toutes les façons, c'était dans tous les journaux de l'époque, vous n'auriez pas tardé à le savoir. Ce n'est pas un secret, juste une souffrance que je n'aime pas raviver. Vous savez maintenant l'origine des mille morceaux de ma vie. Je n'ai plus envie de remuer ces souvenirs qui me hantent et me dégoûtent.

– Il va pourtant bien falloir y revenir...

Le visage de Philae s'était assombri.

– À quoi ?

– Vos souvenirs.

– Pourquoi ?

– Parce qu'une fois de plus vous mentez !

– Je dis la vérité.

– Elle boite votre vérité, elle a besoin de béquilles. Et ce que vous cachez n'est pas dans les journaux. Vous voulez que je mette les points sur les i ?

– Quoi donc ?

– Brigitte...

– La fleuriste ?

– Oui, la fleuriste, ne faites pas la surprise. Il n'y a pas que ses fleurs qui vous intéressaient dans l'arrière-boutique. D'ailleurs, pour bien marquer la fin de cette histoire, vous avez brûlé vos bonsaïs. Pour moi, c'est comme si vous aviez signé des aveux.

Du menton il désignait l'âtre de la cheminée.

– Vous voyez ces braises encore rouges, c'est l'encre de votre confession qui n'est pas encore sèche.

– Quels aveux ? Quelle confession, vous déraillez.

Philae était maintenant debout, blême, les yeux étincelant de rage. Le spectacle était superbe. Sa poitrine se soulevait d'une façon saccadée, son souffle était court comme celui d'un animal aux abois rejoint par la meute. Elle faisait la brave, comme ça, par fierté, mais au fond, elle savait bien qu'elle était vaincue et qu'il n'y avait pas d'autre issue que de parler.

– Oh ! j'ai bien compris, reprit le flic. Tout ce déménagement, le lit à deux places, les bonsaïs réduits en cendre, ce n'était pas en mon honneur, mais des aveux pour votre mari, des aveux codés, bien sûr. Madame Malesherbes, les remords sont l'antichambre de la confession. Vous vous seriez bien passée que la police mette le nez dans vos petites affaires. Parce que l'ordinateur de Brigitte la fleuriste, on va le désosser et on va trouver le destinataires des renseignements que vous extorquiez à votre propre mari.

– …

– Vous n'êtes pas bavarde, alors je vais continuer et tant pis si ça fait mal, car il y a quand même quelque chose qu'il va falloir m'expliquer, c'est pourquoi. Vous aimez votre mari à la folie et pourtant vous le trahissiez. Et c'est parce que vous aviez honte de ce que vous faisiez que vous vous refusiez à lui. Votre mère morte en prison avec le même motif, cela ne vous a pas vaccinée?

– Comment savez-vous tout cela, quelqu'un vous a dit…

– Le site informatique, c'était génial, des fleurs, votre mari qui est pourtant un spécialiste n'aurait pas trouvé mieux, une couverture en or… Mais pourquoi, pourquoi?

– …

– Faites vite, madame Malesherbes, le temps presse, si votre mari est innocent, il faut que je mette la main sur le coupable avant qu'il continue.

– Parce que vous croyez…

– C'est vous qui m'avez mis en garde hier soir, c'est vous qui m'avez dit : "attention, ces gens là sont dangereux". Vous m'avez même demandé si j'étais armé. Je ne comprends pas vite mais j'ai une bonne mémoire. Oui, madame, je suis armé et j'ai fermement envie d'en finir avec cette histoire de crime alors le mieux serait de me raconter.

– Ici?

– Vous préférez ailleurs, au Quai des Orfèvres?

– Non.

– Alors je vous écoute.

Mme Malesherbes s'était rassise. Dans un sanglot elle murmura :

– Je peux baisser la lumière ?

Mercier fit un petit signe de tête et une demi-pénombre s'installa.

Le flic avait visé juste, c'est une femme brisée qui entrait en confidence, relatant l'indicible.

– Quelques jours après mon incarcération dans la prison de Téhéran, je me suis rendu compte que j'étais enceinte...

Le grand déballage dura longtemps. Clair, précis, détaillé, horrible. Philae racontait. Elle voulait expliquer. Un engrenage implacable. Rattrapée par son passé étouffant, elle cherchait l'air pur de la libération.

Les mentalités asiatiques sont fondées sur la solidité de la famille et ne se résument pas à la simple somme des individualités qui la composent comme dans les pays occidentaux. Après la mort de son père, Philae et sa mère n'avaient plus de repères. Deux femmes. Certes, on les plaignait, on les assistait et on veillait sur elles mais elles n'avaient plus d'avenir. Sans homme à la maison, il n'y avait plus de décisions possibles, plus de chef pour les prendre. Ce vide abyssal peut vite conduire à la pauvreté. Et c'est pour élever sa fille dignement dans les meilleurs collèges de Téhéran que sa mère s'était résignée à fréquenter l'ambassade de France, à accepter des traductions, puis, de fil en aiguille, à trahir son pays.

– Et vos gardiens se sont rendu compte de votre grossesse ?

– Vous n'avez aucune idée de la vie quotidienne en prison. Les geôliers ont tout pouvoir sur les prisonnières...

– Et votre situation s'est donc aggravée, continua Mercier doucement.

– Non, au contraire. Un gardien s'imaginait être le père et j'ai ainsi été protégée. On ne me battait plus, on ne me violait plus non plus, on me nourrissait presque correctement et ma cellule était propre.

C'est après l'accouchement d'une petite fille à la peau trop claire que l'on comprit subitement. Les sévices reprirent, plus durs que jamais. Quelques mois plus tard, la fille de Philae se mit à tousser et l'enfant lui fut enlevé. Peu de temps après on lui annonça qu'elle était morte de tuberculose et on lui fit une radiographie pulmonaire pour voir si elle-même n'était pas atteinte.

Terrassée par cette violence qui avait abîmé son adolescence, passée directement du collège à la prison, Philae avait pensé se pendre comme sa mère. C'était la façon la plus simple de retrouver sa fille et sa mère dans un au-delà meilleur, d'en finir avec cette désespérance qui semblait être son seul avenir. Le deuil de son père avait été très dur mais il y avait une tombe pour se recueillir. Là, il n'y avait rien, ni corps ni sépulture pour sa mère et sa fille. Cette certitude de finir comme elles dans une fosse commune et d'errer ainsi pour l'éternité était la seule force qui lui faisait refuser la mort.

– Une sépulture, il faut être bien près de la mort pour comprendre à quel point c'est sacré.

Cinq ans plus tard, et grâce à la complicité chèrement payée d'un gardien, elle réussit à s'évader de cet enfer et à rejoindre la Turquie.

– Cela n'explique pas que vous soyez devenue une espionne une fois revenue en France…

– Attendez. Quatre ans après mon mariage, alors que je commençais à oublier cet enfer et à vivre une nouvelle vie, un homme est venu me voir. Il m'a expliqué que ma fille était vivante et m'a montré des photographies. Il m'a dit que je n'avais qu'à lui communiquer quelques renseignements en espionnant mon mari et à rendre quelques menus services à des gens discrets de passage à Paris.

– Et c'est ce que vous avez fait.

– Oui, il m'avait expliqué que si j'étais efficace, soumise et dévouée pendant quelque temps, il ferait libérer ma fille et la ferait venir en France.

– C'était un Iranien ?

– Non, un Afghan, mais il semblait puissant, il savait tout de moi, de Jean et il avait des photographies de ma fille. La ressemblance est telle qu'il n'y a aucun doute. J'ai enfin compris mais un peu tard pourquoi mon évasion de la prison de Téhéran avait été possible et pour ainsi dire si facile. Moi aussi j'ai été manipulée.

– Et vous avez utilisé le site de la petite fleuriste de la rue des Saints-Pères.

– Oui.

– Et tout cela a duré des années.

– Oui.

– Vous regardiez en cachette les documents que votre mari ramenait à la maison ?

– Oui.

– Vous preniez des notes ?

– Parfois.

Mercier avait gagné, il avait besoin de repos mais il fallait continuer. Philae racontait comment elle communiquait les renseignements grappillés à l'insu de son mari. Elle guidait aussi parfois des inconnus dans leurs déplacements dans Paris, marchant en éclaireur, suivie à une vingtaine de mètres par un individu discret et mutique jusqu'à un lieu précis, un appartement, une station de métro, un monument.

– Et récemment, vous avez vu des gens ?

– Oui, un homme jeune, il y a quelques semaines. Il voulait voir l'église la plus emblématique de Paris et je l'ai amené à Notre-Dame.

– Et alors ?

– Alors, il a trouvé que c'était une foire à touristes, il a eu une réflexion méprisante et il a craché par terre. Il voulait voir un site plus religieux, il a demandé à visiter la plus vieille église de Paris.

– Et vous la lui avez montrée ?

– Oui, Saint-Germain-des-Prés, c'est à deux pas.

– Vous êtes sûre que Saint-Germain-des-Prés est la plus vieille église de Paris ?

– Oui, répondit-elle étonnée d'en savoir plus que Mercier sur le sujet. Elle date du temps de Clovis, j'ai vérifié.

– Et après ?

– Après, il a voulu assister à une messe dans cette très vieille église et il m'a demandé quand était né notre Dieu.

– C'est tout ?

– À peu près, il n'était pas très bavard.

– Et vous y êtes allée, à cette messe ?

– Oui, bien sûr, vous savez, je ne pouvais guère faire autrement.

– Vous n'êtes pas catholique.

– Effectivement, Jean m'a laissé le choix, j'ai préféré garder mes croyances d'origine. Votre religion avec un Père, un Fils, et un Saint Esprit, c'est un peu compliqué, et un paradis où l'acte d'amour est présenté comme un péché originel, c'est bizarre.

Vaincue, vidée de ses souvenirs malsains, Mme Malesherbes s'était allongée sur la banquette en pleurant.

– Vous allez me remettre en prison ? s'enquit-elle entre deux sanglots.

– Ce n'est pas certain, répondit le commissaire, sûr de lui. Votre mari leur dira qu'il contrôlait tout et que vous étiez une espèce d'agent double.

– Et vous croyez que les services secrets français croiront ces balivernes ?

– Non, pas une minute, mais c'est leur intérêt d'étouffer l'affaire pour ne pas perdre la face. Vous imaginez les journaux en cas de procès ? Car en France, si on vous arrête, il y a un procès avec la presse et tout le tintouin. Je vois déjà le titre du *Canard enchaîné* : « les oreilles du président étaient espionnées par sa femme ». Non, les services secrets ridiculisés ainsi, ce n'est pas le genre de la maison. Tout ceci se réglera en famille. Imaginez un peu les articles et les commentaires : une mère obligée de trahir son mari pour sauver son enfant, on croirait un mélodrame pour midinettes. De toutes les façons, votre mari n'est plus dans la course et vous non plus. Vous n'êtes plus d'aucun intérêt. Et puis votre mari a des relations haut placées. Croyez-moi, il va s'en servir. Pour votre enfant, il est au courant ?

– Non, il n'a jamais rien su ni de ma grossesse ni de la suite.

– Parce que cette petite fille, il va falloir la récupérer maintenant.

– Vous commencez à comprendre ?

– Les deux lits séparés ?

– Oui.

– Oui, j'ai compris, répondit le commissaire.

– Et mon mari, vous allez lui dire ?

– Je n'en sais rien, pour l'instant, il est encore soupçonné de crime et il va bien falloir régler cette question.

Vu l'heure déjà tardive, Mercier se fit ramener directement au bureau par la voiture de service. Il avait pensé un instant passer par chez lui poser son paquet, mais sa femme devait déjà se préparer pour la messe de minuit et elle n'aurait pas compris qu'il reparte ainsi travailler alors qu'il avait promis. Épuisé comme il l'était, il était hors de question d'affronter un conflit conjugal.

Il avait encore deux ou trois questions à poser à Jean Malesherbes. Il était presque 19 heures, il commençait à faire nuit et chacun s'activait pour le réveillon. Fourbu, le commissaire ne marchait plus très droit mais il fallait qu'il en finisse.

Ensuite, il se rendrait à la messe pour faire plaisir à son épouse et tout redeviendrait simple. Il se fit déposer au coin de la place Dauphine et continua à pied les quelques mètres le séparant du 36. Un planton, sans doute un nouveau, lui demanda de présenter sa carte tricolore et il perdit presque une minute à trouver ce sésame plastifié.

Il bougonnait pour la forme. Ce brave fonctionnaire dont le réveillon de Noël était également gâché ne faisait qu'appliquer les consignes mais Mercier pensait depuis longtemps qu'il ferait aussi bien de contrôler ceux qui sortent car, l'an passé, un détenu en garde à vue s'était fait la belle. S'occuper de ceux qui entrent et négliger ceux qui sortent, voilà encore une aberration du règlement et il faudrait sans doute attendre une autre évasion pour le faire changer.

Passé le porche, le commissaire tourna à gauche pour s'engager dans l'escalier mythique immortalisé par Clouzot – et toujours pas rénové du fait de son appartenance mixte à la Police judiciaire et au palais de Justice. Là encore, il faudrait un fait marquant pour changer cet état de choses. La seule innovation en trois générations de flics avait été la pose d'un horrible filet en haut de l'escalier depuis qu'une terroriste illustre avait tenté de se suicider en sautant la rambarde.

Pignol avait abandonné Jean Malesherbes à des collègues car celui-ci ne voulait plus rien dire. Il avait profité de cette désertion pour faire signer les déclarations aux témoins. Sachant que Mercier était de retour et pensant qu'il avait dormi chez lui tout l'après-midi, il lui téléphona, goguenard.

– J'espère que vous êtes bien reposé, le prévenu vous attend et, depuis quelques heures, il reste muet. Vous arriverez peut-être à le dérider mais moi, j'abandonne.

– Bien… Quoi d'autre? fit le commissaire dans un bâillement.

– Le pingouin du Bristol est là, il a signé sa déposition : vous voulez le voir?

– Oui, fais-le monter.

Pignol, étonné, mais qui depuis longtemps ne cherchait plus à comprendre le mécanisme du cerveau de son supérieur, s'exécuta. M. Henri arriva et tendit sa déclaration à Mercier, l'air conquérant.

– Voilà, il n'y a rien à changer.

– Bien… On va voir tout cela.

Le commissaire prit la feuille de papier plus par acquis de conscience que par souci d'efficacité.

– Je peux partir ?

– Oui.

M. Henri, stoïque et raide, se levait et allait tourner les talons quand, dans un soupir, Mercier murmura.

– Tous les témoins disent et répètent que personne n'a pu monter le matin entre sept heure et demie, moment où vous avez vu sortir M. Jean Malesherbes, et 9 heures, heure à laquelle vous avez découvert le corps.

– C'est exact.

– Mais s'il n'est monté personne, est-ce qu'il est descendu quelqu'un ?

L'affaire cocasse du planton qui surveillait à sens unique avait inconsciemment suggéré cette question au commissaire. Brutalement, l'expression du visage de M. Henri avait changé. Un étonnement était apparu dans son regard et sa voix était maintenant hésitante.

– Non… Je ne crois pas. Sauf bien sûr le 61.

– Quoi, le 61 ? C'est qui ce 61 ?

– Un client d'une nuit.

– Et à quoi il ressemble ce client ?

– Bah ! Un jeune, je ne sais plus, je ne l'ai vu que quelques minutes le soir de son arrivée, et quelques secondes quand il est sorti le matin. Je me souviens qu'il portait des chaussures de tennis.

– Cherchez un peu.

– C'est ce que je fais.

– Alors, à quoi il ressemble ce 61 ?

– À ça, fit M. Henri en désignant du doigt la photographie donnée par José quinze jours auparavant qui occupait le milieu du tableau mural.

Tout à coup, Mercier sortit de sa torpeur.

– Vous êtes sûr ?

– Certain.

Mercier, revigoré par ces révélations, appela Pignol. L'affaire brusquement basculait.

– Monte.

– Un problème ?

– Oui, M. Henri veut modifier sa déclaration.

– Il est chiant, on vient de tout relire, il a même exigé de faire corriger les fautes d'orthographe. Ce gars là, c'est une vraie grammaire et je ne vous parle pas de la ponctuation.

– Monte, je te dis, au lieu de me parler de la langue française.

– C'est si urgent que ça ?

– Oui, tu connais Mamoud el Khebir ?

– Le gars qui utilise un passeport volé et trafiqué dont vous nous avez donné la photographie ?

– Exactement. Et bien, cette charmante personne a dormi dans la suite numéro 61 la nuit où Mlle Charron a été assassinée au 62, tu saisis ?

– Merde !

– Je ne te le fais pas dire. Alors, je veux tout le monde sur le pont. Toi, tu viens rechercher M. Henri, tu vérifies tout cela en urgence et tu m'envoies Jean Malesherbes.

– J'avais bien dit que le mobile…

– Oui, oui, tu l'avais bien dit, dépêche-toi, je dois être à la messe à Saint-Germain à 20 h 30 et, si j'arrive en retard, c'est moi qui vais me faire assassiner.

– Et le divisionnaire ?

– Tu t'en occupes, ça te fera mousser un peu.

– Et le juge ?

– Itou, je n'ai pas le temps.

Moins d'une minute plus tard, Jean Malesherbes était amené par un adjoint. Très étonné de n'être plus menotté au mépris de la procédure, il s'assit sur la chaise que lui désignait le commissaire.

– J'ai une bonne nouvelle.

– Je suis libre ! fit Malesherbes d'un ton ironique.

– Pas encore mais presque, je crois que vous êtes innocent du crime de Marie-Caroline Charron.

– C'est une blague ?

– Nous avons un autre suspect qui a passé la nuit dans la suite voisine de celle que vous occupiez avec Mlle Charron.

– Je vous l'avais bien dit, c'est ce que je m'efforce de répéter à votre adjoint depuis quelques heures. C'est qui, ce gaillard ?

– Ce sympathique jeune homme, dit Mercier en désignant la photographie sur son tableau, se nomme Mamoud el Khebir, vous le connaissez ?

Jean Malesherbes reprenait subitement goût à la vie ; malgré sa fatigue, il se leva et examina la photographie.

– Oui, on le connaît, on pense qu'il tourne autour de la mouvance Al-Qaida… Je suis vraiment libre.

– Oui, laissez-nous quelques minutes pour les papiers, le juge, et le respect de la procédure. Vous pouvez téléphoner à votre femme si vous voulez.

– Je peux ?

– Oui, mais faites attention, vous allez la trouver changée.

– Comment ça, changée ?

– Elle a enlevé le lit de votre chambre et elle l'a mis dans la sienne. D'autre part, elle a brûlé tous ses bonsaïs dans la cheminée. Est-ce que vous commencez à comprendre ?

Jean Malesherbes s'était rassis, ses traits étaient tirés mais lui seul savait que ce n'était pas à cause de sa garde à vue. Il fallait qu'il sache, c'était maintenant lui qui questionnait en suppliant que Mercier lui réponde.

– Elle vous a dit…

– Qu'elle vous espionnait et qu'elle était la taupe que tous les services cherchent depuis plusieurs mois, oui elle me l'a dit.

– Je l'avais deviné et j'allais y mettre un terme quand le meurtre de Marie-Caroline a tout chamboulé.

– Et comment alliez-vous faire ? répliqua le commissaire.

– J'avais fait suivre Brigitte, la fleuriste de la rue des Saints-Pères, et j'avais fait visiter son appartement. Ce sont mes hommes qui ont placé un CD dans son sac à la FNAC. Comme cela, je savais qu'elle serait renvoyée et j'espérais que Philae comprendrait la leçon… Mais vous avez également trouvé la raison…

– Oui.

– Et je peux la connaître ? Parce que moi, je ne la connais pas.

– Rentrez chez vous, apportez-lui un bouquet de fleurs et embrassez-la, elle vous dira tout.

– Parce qu'à vous, elle a tout raconté ?

– Oui.

– Alors que moi qui vis avec elle, je cherche en vain depuis des années.

– Oui. Maintenant, vous êtes quittes. Vous vous sentiez responsable de son emprisonnement en Iran. Elle sait qu'elle est responsable de ce qui vous arrive. C'est bien vous que l'on voulait atteindre au travers du meurtre de Marie-Caroline.

– Mais pourquoi, pourquoi?

– Rentrez chez vous.

Minuit à Saint-Germain

L'horloge de l'église de Saint-Germain-des-Prés sonnait implacablement la demie de 20 heures quand Mercier débarqua sur le boulevard, après avoir monté quatre à quatre les marches de la station du métro. Il tourna à droite sur la place, passa en courant devant le presbytère sans un regard pour le buste de Mabillon qui veille au coin de la rue, sauta les deux marches de pierre grises du parvis et bouscula au passage un mendiant qui, vu la mine hirsute du commissaire, l'avait pris pour un collègue. Il franchit comme une flèche les deux portails d'entrée successifs en bois et la grille de fer forgé, laissant sur sa droite la chapelle Saint-Symphorien et, tout essoufflé, il déboula dans la nef.

L'église était comble, la messe de minuit venait de commencer et, son cadeau enrubanné toujours à la main, il était en retard.

Ridicule et tout à fait conscient de passer pour un grossier personnage, il joua des coudes pour se frayer passage dans la foule compacte et silencieuse qui le regardait de travers. Les fidèles devaient se demander pourquoi ce malotru arrivé après tout le monde, essayait à toute force de se placer au premier rang.

À présent seul dans l'allée centrale, il avançait avec l'autel et le prêtre en ligne de mire. Honteux, il sentait tous les regards braqués sur lui. Mercier cherchait du regard sa femme et son seul souci du moment était de trouver une chaise vide ; il se voyait mal rebrousser chemin. Lorsqu'il aperçut son épouse, un peu en retrait au second rang, il poussa un soupir de soulagement. Lui qui venait de résoudre une affaire criminelle difficile, lui qui pouvait déplacer des montagnes et qui était capable de lutter seul contre l'adversité du crime organisé, il avait presque eu peur.

Comme convenu, sa femme lui avait gardé une petite place. Elle se décala d'un cran et libéra le siège salvateur. Brigitte était à ses côtés.

Il s'effondra sur la chaise.

Douce nuit, Sainte nuit!
Dans les cieux l'astre luit.
Le mystère annoncé s'accomplit.
Cet enfant, sur la paille endormi,
C'est l'amour infini.

La messe de minuit débutait.

– J'ai failli être en retard mais j'ai eu beaucoup de travail, murmura-t-il à l'oreille de son épouse.

Celle-ci porta un regard réprobateur au paquet, défraîchi, tout saucissonné, et dont le nœud décoratif défait pendait lamentablement. Un missel aurait été plus adapté à la situation. Mercier ne pouvait même pas mettre son présent de Noël dans sa poche car il était beaucoup trop volumineux et sa poche était déjà encombrée par son arme de service. En désespoir de cause, il le posa sur le prie-Dieu. Brigitte eut un petit sourire malicieux.

Le Saint-Sacrement avait été disposé au milieu de la nef entre la chapelle Sainte-Geneviève et la chapelle Saint-François-Xavier, séparant ainsi l'église en deux parties qui se faisaient face, avec l'hôtel cérémonial au milieu. Le prêtre était assisté par de nombreux diacres et une foule d'enfants de chœur tout de blanc vêtus.

La crèche, surélevée par une estrade se trouvait à quelques mètres d'eux. Elle était animée par de jeunes enfants de la paroisse déguisés pour l'occasion. Une fillette d'une dizaine d'années portait la robe bleue de Marie. Debout près de l'enfant Jésus, Joseph, maquillé à l'extrême et portant perruque, prenait son rôle très au sérieux. Les traînes des manteaux des rois mages agenouillés dans la paille faisaient de magnifiques plages de couleur sur l'estrade. Des animaux en plâtre grandeur nature achevaient de conférer à l'ensemble une dimension théâtrale. De nombreux parents étaient massés devant cette crèche vivante, certains assis à même le sol, d'autres prenaient des photos.

La scène incitait à la ferveur. Un peuple allait fêter la naissance de l'enfant Dieu.

Le chant d'entrée clamait un enthousiasme sincère et les paroissiens exprimaient leur joie à tue-tête :

C'est vers nous qu'il accourt,
En un don sans retour !
De ce monde ignorant de l'amour
Où commence aujourd'hui son séjour
Qu'il soit roi pour toujours.

Mercier était lessivé, mais il allait enfin pouvoir souffler un peu. L'assassin de Marie-Caroline Charron était démasqué et identifié grâce à la photographie donnée par José. Interpol devait être sur les dents et les aéroports en alerte. Toutes les polices de France étaient aux trousses de Mamoud el Khebir. Jean Malesherbes était innocent et allait pouvoir vivre une nouvelle vie après une petite explication de couple qui se terminerait par une longue nuit d'amour. Philae, telle une fleur qui retrouve l'eau de pluie salvatrice, répondrait aux questions de la D.S.T. et tous conjugueraient leurs efforts pour récupérer sa petite fille. Assise à coté de sa femme, Brigitte ne savait pas encore qu'elle était blanchie.

Mercier n'avait plus qu'à se calmer un peu avant de rentrer chez lui pour un réveillon en tête à tête, suivi d'un sommeil réparateur.

La messe se déroulait sans qu'il l'écoute vraiment. Pressentant un malaise, il s'agitait dans l'espace confiné entre sa chaise et le prie-Dieu. Il n'avait pas chaud mais il suait à grosses gouttes. Il savait que son esprit, comme une volute de fumée, allait déraisonner quelques minutes et il n'avait plus qu'à prendre son mal en patience. Les colonnes de pierre devant ses yeux lui apparaissaient comme les sentinelles impassibles de son délire et, peintes par dizaines sur ces piliers sacrés, les croix de Malte couleur rouge sang, vestiges anciens de la toute-puissance des Templiers, dansaient une curieuse sarabande. Il les entendait murmurer et leurs paroles, mêlées au chant des fidèles, lui racontaient des choses affreuses.

Mme Mercier tourna son visage vers lui et fronça les sourcils comme pour faire tenir plus sage un enfant turbulent.

Paix à tous! Gloire au ciel!
Gloire au sein maternel
Qui pour nous en ce jour de Noël,
Enfanta le sauveur éternel, qu'attendait Israël!

Sa femme et Brigitte chantaient avec l'ensemble des fidèles. On allait enfin pouvoir s'asseoir. Son estomac avait des spasmes et tout son corps tremblait. On aurait pu croire à une réaction normale après une émotion trop forte, mais Mercier savait bien que c'était autre chose, un petit démon intérieur dont il avait bien du mal à se débarrasser. Des images et des sons traversaient son esprit, les visages étaient tous ceux d'un ex-barbu qui, s'il était démasqué et recherché, n'en était pas moins libre. Les sons étaient moins clairs mais il entendait encore les paroles de José :

Un solitaire… Une espèce de missionnaire… Un nettoyeur…

Effectivement, Marie-Caroline Charron avait été nettoyée. Proprement, sans bavure et il s'en était fallu d'un cheveu que Jean Malesherbes ne paye cher ce crime qu'il n'avait pas commis. Une fatwa lancée il y avait déjà plusieurs années, avait failli s'accomplir par ricochet comme dans un jeu diabolique de billard à trois bandes.

Le prêtre qui officiait avait maintenant une tête de mort, ses bras tenaient une longue faux noire, son sourire était un rictus sarcastique et son chant prenait une intonation d'outre-tombe. La mort était là, comme une ombre tapie derrière un pilier, le commissaire sentait son odeur. Il était malade…

Cette affaire avait été trop brutale, trop intense en rebondissements, et Mercier n'arrivait pas à s'en défaire. Comme un cours d'eau sorti de son lit pour une crue exceptionnelle, le retour au calme se faisait par ruissellements successifs. Le moulin aux idées de ce flic d'exception continuait à fonctionner dans le vide. Il avait pris place sur un manège infernal ; des chevaux emballés montaient et descendaient au rythme d'un chant religieux. Leurs naseaux soufflaient le feu comme des dragons et il avait le tournis.

Un missionnaire, un fou de Dieu avait imaginé un piège machiavélique pour rembourser la dette d'infamie que Jean Malesherbes devait au peuple iranien tout entier. Sans Mercier, la vengeance aurait été complète envers cet infidèle qui avait trahi et humilié un gouvernement de mollahs.

Il se souvenait aussi des paroles de Jean Malesherbes :

Ils ont compris les causes de leur échec de Strasbourg.
J'espère que ce ne sera pas trop tard.

De la terrible phrase terrible de Philae :

Pour mon mari, pour les prochaines victimes, pour vous, soyez prudent, j'espère que vous êtes armé.

Instinctivement, il mit la main dans sa poche et le froid du revolver le ramena dans le temps présent, une messe de minuit un soir de Noël.

Au Quai, l'agitation devait être à son comble. Une équipe, accompagnée de M. Henri, devait déjà vérifier les registres du Bristol. Le juge avait probablement lancé plusieurs commissions rogatoires. Le divisionnaire avait rappelé Mme le directeur de la Police judiciaire qui avait dû rameuter le préfet. La nuit de Noël promettait d'être agitée pour la haute police française, et la lumière des bureaux des directeurs du second étage allait rester visible depuis le quai jusqu'au petit matin. L'amertume d'une fête gâchée serait compensée par une volonté d'efficacité et le Mamoud el Khebir, il allait avoir chaud aux fesses. Peut-être qu'une conférence de presse serait organisée cette nuit même et nul doute que le portrait de ce nouveau suspect allait être diffusé dans les journaux télévisés de la nuit. Demain, la France se réveillerait avec un ennemi public tout neuf et le flic qui était à ses trousses et qui avait déjà dormi tout l'après-midi somnolait maintenant à la messe !

Au 36 du Quai des Orfèvres, bureau 315, la table à rouleau, celle qui ne sert que dans les grandes occasions, devait avoir été tirée et les petites phrases assassines devaient fuser...

On en était au Kyrie et la photographie de Mamoud el Khebir était maintenant diffusée sur les téléscripteurs de tous les commissariats.

Dieu plus grand que notre cœur, Kyrie eleison !
Dieu plus grand que notre cœur, Kyrie eleison !

Engoncé dans son imperméable, recroquevillé sur sa chaise, le commissaire se calmait peu à peu.

Marie-Caroline Charron ne gênait personne mais elle avait eu le tort d'occuper une place stratégique. Sa mort violente et la recherche par la police de son dernier amant avaient fait exploser la structure des services de renseignements au plus haut niveau, laissant au moins pour quelques semaines le champ libre aux terroristes de tout poil pour perpétrer des forfaits et monter impunément leurs petites affaires. Du grand art.

Le commissaire, pragmatique comme une boussole, et qui avait habituellement les idées claires dans sa tête, jeta un regard éploré vers la stèle de Descartes qui reposait un peu plus loin devant lui à quelques mètres sur sa droite, à côté de la sacristie.

La messe de minuit à Saint-Germain-des-Prés connut ainsi une prière des plus insolites, celle d'un flic agnostique suppliant un gisant du nom de Descartes de lui faire recouvrer ses esprits. À genoux sur le prie-Dieu, la tête comme une cocotte-minute, le flic ne savait plus s'il priait ou s'il divaguait. Les personnages qui dansaient devant ses yeux clos étaient ceux du tableau de son bureau ; ces créatures avaient frappé les trois coups d'une pièce de théâtre fantasmagorique et entamaient une divine comédie ensorcelée.

Philae était une Vierge Marie en robe courte, tenant dans ses bras une petite fille au teint mat. Cette déesse égyptienne aurait sûrement préféré une vie plus tranquille mais dans sa condition, on ne décide pas de son destin.

Jean Malesherbes était une espèce de Judas, un expert du renseignement qui trahissait ses disciples avant d'être trahi à son tour et puni au plus profond de son âme par le doigt de Dieu.

Et puis il y avait des fleurs, des mimosas, des bonsaïs en flammes et dans un coin de cet enfer qui ressemblait aux toiles de Philae, Mamoud el Khebir. Déguisé en démon aux pieds fourchus, il dominait la situation et son sourire était sarcastique. Dans une main, il tenait un Coran et de l'autre un éclair. Ses yeux aux pupilles dilatées scintillaient de vengeance.

Lecture du Livre d'Isaïe

Le peuple qui marchait dans les ténèbres a vu se lever une grande lumière ; sur ceux qui habitaient le pays de l'ombre une lumière a resplendi…

… Oui, un enfant est né…

Mercier était maintenant apaisé. L'orage était passé, il s'était ressaisi. Pourtant, il restait perplexe et n'arrivait pas à se projeter dans l'instant présent. Cette enquête gardait comme un goût d' inachevée, et les paroles de Philae lui revenaient, lancinantes comme un mal de tête.

Méfiez vous, commissaire, vous avez à faire à des gens dangereux … J'espère que vous êtes armé.

Un homme était venu… un Afghan… il avait voulu voir la plus vieille église de Paris… il avait exigé d'assister à une messe… Pourquoi… Pourquoi…

Mercier ne put retenir un cri étouffé. Sa femme se retourna, le sourcil froncé.

Évangile de Jésus-Christ selon saint Luc

En ces jours-là, parut un édit de l'empereur Auguste, ordonnant de recenser toute la terre…

… Aujourd'hui vous est né un sauveur, dans la ville de David.

Vous trouverez un nouveau-né emmailloté et couché dans une mangeoire.

Mercier était redevenu flic et il avait un affreux pressentiment.

Gloria

Alléluia, gloire à Dieu, Gloire à Dieu au plus haut des cieux.

La quête allait commencer et un enfant de chœur apporta une corbeille d'osier à Mme Mercier. À la surprise générale, son mari s'en empara et s'engagea dans l'allée centrale. Il présentait maladroitement le panier aux fidèles mais son attention était ailleurs. Son mal de tête avait disparu et ses yeux de rapace cherchaient quelqu'un dans la foule. Il voulait vérifier. Bien sûr son idée était folle, une déformation professionnelle, un effet de son petit malaise, mais il fallait en avoir le cœur net. Il espérait s'être trompé...

Mercier avançait, tendu comme un arc, observant dans la foule chaque visages anonymes.

Soudain, tapi au dernier rang, près du déambulatoire, le commissaire le vit. Mamoud el Khebir, engoncé dans un long manteau gris qui paraissait gonflé au niveau du thorax. Ses yeux étaient noirs comme la mort qu'il portait sous sa pèlerine. Son visage blafard et, malgré son jeune âge, strié de petites rides. De fines gouttelettes de sueur faisaient briller sa peau mate. Pour avoir souvent travaillé avec les stups, le commissaire savait reconnaître toutes les caractéristiques d'un homme sous l'emprise de la drogue, sans doute une association d'atropine et de cocaïne. Le cocktail que l'on donne aux kamikazes avant leur grand voyage pour l'éternité.

La corbeille était maintenant remplie de billets et de pièces. Il fila la déposer vers la sacristie. Il fallait appeler du secours, empêcher le massacre. En entrant dans la pièce, il avisa la petite cloche qui ornait la porte d'entrée.

– Dépêchez-vous, la communion va bientôt commencer, l'apostropha un diacre.

Cet homme d'église le soulagea de son butin avant de disparaître dans la pièce voisine, sans doute pour mettre l'argent à l'abri. Mercier se trouvait seul dans la sacristie. Sur la table devant lui, le flacon de vin blanc qui avait servi pour la messe. Prestement, il s'empara du goulot. Lorsqu'il remit la fiole sur la table, elle était presque vide.

Revigoré, il sortit son portable de sa poche et appela Pignol.

– Allô ?

– C'est vous ? Je vous croyais à la messe.

– Justement, j'y suis. Il faut que tu rappliques.

– Mais…

– Ne discute pas, bougre de con, Mamoud el Khebir est dans l'église.

– Il assiste à la messe de minuit ? fit Pignol de plus en plus étonné.

– Il a la taille bourrée d'explosifs et il va tout faire sauter. Ça va être une boucherie. C'est plein d'enfants, ici.

– Un kamikaze ?

– Oui. Tu rameutes tout le monde, surtout les gars de la Section Anti-Terroriste au troisième étage, tu appelles le SAMU, les pompiers et les démineurs. Fais vite, dans quelques minutes il sera trop tard.

Le plus calmement possible, Mercier sortit de la sacristie, passa devant la crèche en se frayant un passage entre les parents agglutinés. La communion avait commencé et le commissaire eut un mal fou à rejoindre sa chaise à contre-courant. Mme Mercier et Brigitte étaient hallucinées par le comportement inconcevable de cet étrange paroissien.

Ô nuit ! Viens apporter à la terre
Le calme enchantement de ton mystère

Mamoud el Khebir s'était engagé dans l'allée centrale, noyé dans la masse des fidèles qui s'avançaient pour recevoir la sainte communion. Il semblait calme, il accomplissait l'œuvre à laquelle il s'était préparé. Pâle, les yeux presque exorbités, irrémédiablement, il s'approchait de l'autel impie.

L'ombre qui t'escorte est si douce!
Si doux est le concert de tes voix chantant l'Espérance...

Mamoud el Khebir marchait vers sa destinée.

À cet instant, Mercier savait qu'une fois de plus il était seul face à une responsabilité écrasante, un funambule sur un fil tendu entre deux piliers d'une église avec, en cas de faux pas et de chute, plusieurs centaines de morts. Tel le héros d'une tragédie antique, une sale besogne l'attendait et il allait être obligé d'aller au charbon avec la volonté sourde de ceux qui savent qu'ils iront jusqu'au bout. L'orgue jouait fort, comme pour lui donner du courage. Dans une ultime seconde de déraison, Mercier comprit l'importance du son du clairon qui, à l'aube d'une bataille peut-être mortelle, est capable de transcender les énergies défaillantes et de faire se lever une troupe fatiguée.

Ô Nuit! Oh! laisse encore à la terre
Le calme enchantement de ton mystère.
L'ombre qui t'escorte est si douce!
Est-il une beauté aussi belle que le rêve,
Est-il de vérité plus douce que l'Espérance?

Lorsque Mamoud el Khebir passa à côté de Mercier, celui-ci se décala pour se placer juste derrière lui. Il avait pris le livre qui dormait sur le prie-Dieu. Il le leva et, de toutes ses forces, il en donna un coup brutal sur la tête du terroriste. Surpris par la violence du choc, Mamoud el Khebir s'effondra sur le sol et Mercier l'immobilisa en se mettant à califourchon sur lui. Ah! si par bonheur il avait eu une paire de menottes... Les consignes et les règlements ont parfois du bon... L'homme n'était pas assommé et, la seconde d'après, il réussit à se retourner. Les cris de ceux qui avaient vu la scène se perdaient dans la ferveur des chants.

Les yeux du flic fixaient ceux du terroriste. Le visage de Mamoud el Khebir n'était plus qu'un immense rictus. Surpris au moment où il allait exercer la vengeance céleste, ses plans venaient d'être perturbés par cet homme mal rasé qui le fixait avec indécence. D'un geste brusque, il libéra un bras et déboutonna son manteau, laissant apercevoir une ceinture de pains de plastic reliés par des fils.

Mamoud el Khebir cherchait désespérément à actionner son détonateur. Sa force décuplée par la cocaïne, il allait réussir et Mercier n'était pas de taille à lui résister bien longtemps. Le flic, instinctivement, mit la main dans sa poche et, au travers de son imperméable, fit feu. La détonation claqua comme un coup de cymbale et son écho assourdi se perdit dans les chants.

L'émotion avait été trop forte et Mercier s'évanouit sur le corps flasque de Mamoud el Khebir.

Il est né le divin enfant, jouez hautbois, résonnez musettes
Il est né le divin enfant, chantons tous son avènement!

Depuis plus de quatre mille ans
Nous le promettaient les prophètes
Depuis plus de quatre mille ans
Nous attendions cet heureux temps.

Mercier se réveillait. Par les portes ouvertes de l'église, on entendait les sirènes qui hurlaient dans le froid. Les éclairs bleus des voitures de police scintillaient dans la nuit. Des hommes en armes déboulaient, en tête, Pignol, son trente-six Magnum de service à la main.

En fouillant dans les poches de Mamoud el Khebir, le commissaire sentit la douceur de la soie. Il déplia lentement le petit morceau de tissus ; un Mickey hilare lui souriait.

La Section antiterroriste de la Police judiciaire bouclait le quartier sans ménagement. Sur la place, devant l'église, les pompiers et le SAMU empiétaient sur la terrasse du *café des Deux-Magots*. Les démineurs se penchaient sur les explosifs. Le préfet, accompagné de Mme le directeur de la Police judiciaire traversait déjà la Seine pour se rendre sur les lieux, brûlant les feux rouges, toutes sirènes hurlantes, escortés par des motards debout, pour ouvrir la route. Le ministre de l'Intérieur quittait sa famille pour se rendre sur les lieux.

– Ça va, commissaire ? dit Pignol, essoufflé.

– Oui.

– J'ai l'impression que vous avez eu chaud.

– …

– C'est Mamoud ?

– Oui, je crois qu'il est mort.

– On va s'en occuper. Vous n'êtes pas blessé ?

– Non. Mais j'ai une de ces soifs.

Remerciements

Jules Grasset remercie les dirigeants du 36, Quai des Orfèvres qui lui ont autorisé la visite de leurs locaux.

Jules Grasset remercie les bénévoles de la paroisse Saint-Germain-des-Prés qui l'ont guidé dans la visite de l'église.

Jules Grasset remercie l'Église Saint-Germain-des-Prés de l'avoir accueilli pour la messe de minuit.

Achevé d'imprimer
sur Roto-Page
par l'Imprimerie Floch
à Mayenne, en mai 2008.
Dépôt légal : mai 2008.
Numéro d'imprimeur : 71106.

Imprimé en France